李碧华

著

饺子

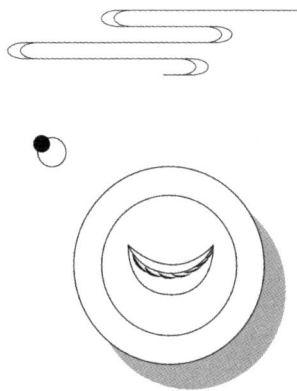

新 星 出 版 社　NEW STAR PRESS

新经典文化股份有限公司
www.readinglife.com
出　品

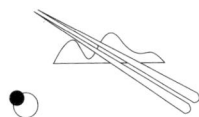

目录

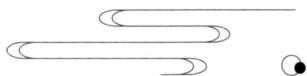

潮州巷

吃卤水鹅的女人

电视台的美食节目要来访问，揭开我家那一大桶四十七岁的卤汁之谜。

我家的卤水鹅，十分有名。人人都说我们拥有全港最鲜美但高龄的陈卤。

那是一大桶半人高，浸淫过数十万只鹅，乌黑泛亮香浓无比的卤汁。面层铺着一块薄薄的油布似的，保护那四十七年的岁月。它天天不断吸收鹅肉精髓，循环再生，天天比昨日更鲜更浓更香，煮了又煮，卤了又卤，熬了又熬，从未更换改变。这是一大桶"心血"。

卤汁是祖父传给我爸，然后现在归我妈所有。

美食节目主持人在正式拍摄前先来对讲稿，同我妈妈彩排一下。

"陈柳卿女士，谢谢你接受我们的访问——"

"不。"妈妈说，"还是称我谢太吧。"

"但你不是说已与先生分开，才独力当家的？"主持人道，"其实我们也重点介绍你是地道美食'潮州巷'中的惟一女当家呀。"

"还是称谢太吧。"她说，"我们还没正式离婚。"

"哦没所谓。"主持人很圆滑，"卤汁之谜同婚姻问题没什么关连，我们可以集中在秘方上。"

"'秘方'倒谈不上，不过每家店号一定有他们特色，说破了砸饭碗啦。"她笑，"能说的都说了，客人觉得好吃，我们最开心。"

我们用的全是家乡材料，有肉桂皮、川椒、八角、小茴香、丁香、豆蔻、沙姜、老酱油、鱼露、冰糖、蒜头、五花腩肉汁、调味料……再加大量高粱酒，薪火不绝。每次卤鹅，鹅吸收了卤汁之余，又不断渗出自身的精华来交换，或许付出更多，成全了陈卤。

妈妈透露：

"卤水材料一定要重，还要舍得。三天就捞起扔掉，更新一次——材料倒是不可以久留。"

是的，永恒的，只是液体。越陈旧越珍贵。再多的钱也买不到。

妈妈接受访问时，其实我们已离开了潮州巷。因为九七年五月底，土地发展局正式收回该小巷重建。

从此，美食天堂小巷风情：乱窜的火舌、霸道的香味、粗俗的吃相、痛快的享受，都因清拆，化作一堆泥尘——就像从没存在过一样。

我们后来在上环找到理想地点，开了一间地铺，继续做卤水鹅的生意。

这盘生意，由妈妈一手一脚支撑大局，自我七岁那年起……

七岁那年发生什么大事呢？

——我爸爸离家，一去不回。

他遗弃了我们母女，也舍一大桶卤汁不顾。整条潮州巷都知道他在大陆包二奶。保守的街坊同业，虽同行如敌国，但同情我们居多。

他走后，妈妈很沉默，只闭门大睡了三天，谁都不见不理，然后爬起床，不再伤心，不流一滴泪，咬牙出来主理业务——虽只是大牌档小店子，但千头万绪，自己得拿主意。

而爸爸也好狠心，从此音讯不通。

我是很崇拜爸爸的——如同我妈妈一般崇拜他。

在我印象中（七岁已很懂事的了），爸爸虽是粗人，不算高大，但身材健硕，长得英挺，他胸前还纹了黑鹰。

他不是我同学的爸爸那样，拿公事包上班一族。他的工作时间不定，即是说，廿四小时都忙。

我们的卤水鹅人人吃过都赞不绝口。每逢过年过节，非得预订。平日挤在巷子的客人，坐满店内外，桌子椅子乱碰，人人一身油烟热汗，做到午夜也不能收炉。

最初，爸爸每天清晨到街市挑拣两个月大七八斤重的肥鹅，大概四十至五十只……后来，他间中会上大陆入货，说是更相宜，鹅也肥实嫩滑些……

他上去次数多了。据说他在汕头那边，另外有了女人——别人说他"包二奶"，凭良心说，我爸爸那么有男人味，女人都自动投诚。附近好些街坊妇女就特别爱看他操刀斩鹅。还嗲他：

"阿养，多给我一袋卤汁。"

"好！"他笑，"长卖长有！"

爸爸的名字不好听，是典型的泥土气息。他唤"谢养"，取"天生天养"。但也真是天意，他无病痛，胸膛宽大。斩鹅时又快又准，连黑鹰纹身也油汪汪地展翅欲飞。

孔武有力的大男人生就一张孩儿笑脸。女人不免发挥母性。对于同性来向自己男人搭讪，我妈再不高兴，也没多话，反而我很讨厌那些丑八怪。老想捉一只蟑螂放进去吓唬她们。

妈妈其实也长得漂亮。她从前是大丸百货公司的售货员，追求的人很多。但她骄傲、执著、有主见。她知道自己要什么。

——她只是逃不过命运的安排才遇上我爸的。

当她还是一个少女，某次她去游泳，没到中途忽然抽筋，几乎溺毙。同行的女同事气力不足，幸得杀出个强壮的男人把她托上岸去。不但救了她，还同她按摩小腿，近半小时。

他手势熟练，依循肌理，轻重有度。看不出粗莽的大男人可以如此节制，完全是长期处理肉类的心得。

"怎也想不到他是卖卤水鹅的。"妈妈回忆道，"大家都不相识，你竟非礼我老半天！"

他笑：

"我是你的救命恩人，你不过是我手上一只鹅。"

她打了他十几下。也许有三十下。自己的手疼了，他也没反应。

她说：

"谁都不嫁。只爱谢养。"

外婆像天下间所有慈母一样，看得远，想得多。她不很赞成。只是没有办法。米已成炊。

大概是怀了我之后，便跟了他。

跟他，是她的主意。失去他，自力更生，也是她的主意——由此可见，我妈妈是个不平凡的女人。

如果她不是遇上命中克星，泥足深陷，无力自拔，她的故事当不止于此。

只是她吃过他的卤水鹅才一次，以后，一生，都得吃他的卤水鹅了。我也是。

爸爸是潮州人，大男人主义，他结交什么人，同谁来往，都不跟女人商议。但夫妻恩爱。后来，我知他练功夫，习神打——据说是一种请了神灵附身，便可护体，刀枪不入的武术……还有些什么？我却不知道了。

我们住在店子附近的旧楼，三楼连天台。这种老房子是木楼梯的，灯很黯，但胜在地方大，楼底高。又方便下楼做生意。房子是祖上传下来的。

天台是爸爸的秘密。

因为他的练功房便是天台搭建的小房间。练功夫很吵，常吆喝，所以有隔音设备，每当他举重，或做大动作，便出来天台；如果习神打，便关上门拜神念咒——他的层次有多高，有多神，我们女人一点也不清楚。

只知他为了保持功力，甚至增强，每十天半月，都"请师公上身"练刀。

有一次，我听见他骂妈妈，语气从未如此愤怒：

"我叫了你不要随便进去！"

"练功房好脏，又有汗臭味，我同你清洁洗地吧。"妈反驳。

"我自己会打理。女人不要胡来！"

他暴喝：

"你听着，没问准我不能乱动，尤其是师公神坛——万一你身子不干净，月经来时，就坏事了。"

又道：

"还毒过黑狗血！"

听来煞气多大，多诡秘。

而且，原来阳刚的爸爸，也有忌讳。

从此妈妈不再过问他的"嗜好"。

事实上她也忙不过来。

我们店子请了两个人。但妈妈也得亲力亲为，她也清洁、洗刷、搬桌椅、下厨、招呼……总之老板娘是打杂。什么都来，都摸熟门径，连巨大的鹅都斩得头头是道，肢解十分成功。到了最后，爸爸是少不了她的助力，这也是女人的"心计"吧。不知谁吃定谁了。

不过工人都在月底支薪水，他们付出劳力，换取工资，这是合情合理的。只有我妈：

"我有什么好处？——我的薪水只是一个男人。"

她又白他一眼：

"晚上还得伴睡。"

我妈以为她终生便是活在潮州巷，当上群鹅之首。

爸爸忽地有了一个女婴，没有"经验"，十分新鲜，把我当洋娃娃。或另一个小妈妈。

他用粗壮的手抱我，亲我，用胡子来刺我。洗澡时又爱搔我痒，水溅得一屋都是——到我稍大，三岁时，妈妈不准他帮我洗澡。

他涎着脸：

"怕什么？女儿根本是我身体一部分。我只是'自摸'。"

妈妈用洗澡水泼他。我加入战圈。

有时他喝了酒，有酒气，用一张臭嘴来烘我。长大后，我也能喝一点，不易醉，一定是儿时的薰陶。想不到三岁童稚的记忆那么深沉。

妈妈也会扯开他。

他当天发誓来讨好：

"别小器，吃女儿的醋——我谢养，不会对陈柳卿变心！"

"万一变心呢？"

"——万一变心，你最好自动走路！"

又是啪啪啪一顿乱打。妈妈的手总是在他的"那个部位"。

也许我最早记得男女之间的事，便是某一个晚上，天气闷热，我被枕上的汗潮醒。但还没完全醒过来。迷糊中……

爸爸和妈妈没有穿衣服，而薄被子半溜下床边。床也发汗了。

爸爸在她身上起伏耸动。像一个屠夫。妈妈极不情愿，闭目皱眉，低吟：

"好疼！怎么还要来——"

又求他：

"你轻点……好像是有了孩子！"

爸爸呼吸沉浊。狞笑：

"女人的事我怎么知道？哪按捺得住？刚才没看真，我——就当提早去探——"

还没说完，妈疼极惨然喊道：

"不好了不好了，你出来出来——"

发生什么事？

后来，我偶尔听见妈妈不知同谁讲电话，压低声线，状至憔悴。多半是外婆：

"血崩似的，保不住——"

又说：

"我拿他没办法——"

又说：

"以后还想生啊……"

又说：

"他倒掌掴了自己几下，但又怎样呢。没有同他说，不说了——"

有点发愁。很快，抖擞精神到店里去。

虽然有了我，我知道爸爸还是想要一个儿子。潮州人家重男轻女。不过他待我，算是"爱屋及乌"吧。

他俩都要做生意，便托邻居一个念六年级的姐姐周静仪每天顺便带我上学放学。回家后我会自动做好功课才到店子去。

我明白念书好。

如果我一直读上去，我跳出大油大酱洪炉猛火的巷子机会就大些了——即使我崇拜爸爸，可我不愿做另一个妈妈。尤其是见过外面知识和科技的世界。今天我回想自己的宏愿，没有后悔。

因为，爸爸亦非一个好丈夫。

每当妈妈念到他之狂妄、变心，把心思力气花在另一个女人身上时，她恼之入骨，必须饱餐一顿，狠狠地啃肉嚼骨吮髓，以消心头之恨。"吃"，才是最好的治疗。另一方面，她一意栽培我成材，希望寄托在我身上了。

我念书的成绩中上。

我是在没有爸爸，而妈妈又豁出去展本事把孩子带大的情况下，考上了大学，修工商管理系。

在大学时我住宿舍，毕业后在外头租住一个房间，方便上下班。渐渐，我已经不能适应旧楼的生涯——还有那长期丢空发出怪味的无声无息的天台练功房，我已有很多年没上过天台去。

爸爸没跑掉之前，我也不敢上去，后来，当然更没意思。

不过，我仍在每个星期六或日回家吃饭。有时同妈妈在家吃，有时在新开的店里。我们仍然享受美味的，令人齿颊留香的卤水鹅——吃一生也不会厌！

而客人也赞赏我们的产品。

以前在邻档的九叔，曾不得不竖起大拇指：

"阿养的老婆好本事，奇怪，做得比以前还好吃呢。味道一流。阿养竟然拣个大陆妹，是他不识宝！"

妈妈当时正手持一根大胶喉，用水冲洗油腻的桌椅和地面。她浅笑一下：

"九叔你不要笑我了。人跑了追不回。幸好他丢下一个摊子，否则我们母女不知要不要喝西北风。月明也没钱上大学啦！"

她又冷傲地说：

"他的东西我一直没动过，看他是否真的永远不回来！"

九叔他们也是夫妻档。九婶更站在女人一边了：

"这种男人不回来就算了。你生意做得好，千万不要白白给他，以免那狐狸精得益！"

"我也是这样想。"妈强调，"他不回来找我，我就不离婚，一天都是谢太——他若要离，一定要找我的。其实我也不希望他回来，日子一样地过。"

她的表态很矛盾——她究竟要不要再见谢养？不过，一切看来还是"被动"的。

问题不是她要不要他。而是他要不要她。

大家见妇道人家那么坚毅，基于同乡一点江湖义气，也很同情，没有什么人来欺负——间中打点一些茶钱，请人家饱餐一顿，拎几只鹅走，也是有的。

妈妈越来越有"男子"气概。我佩服她能吃苦能忍耐。她的脖子也越来越长，像一条历尽沧桑百味入侵的鹅颈。

她是会家子，最爱啃鹅颈，因为它最入味，且外柔内刚，虽那么幼嫩，却支撑了厚实的肉体。当鹅一只只挂在架子上时，也靠鹅颈令它们姿态美妙。这爿新店，真是毕生心血。

"妈，我走了，明天得上班。"

把我送出门，目光随我一直至老远。我回头还看见她。

她会老土地叮咛：

"小心车子。早起早睡，有空回家。"

她在我身上寻找爸爸的影子。

但他是不回家的人。

我转了新工。

这份新工是当秘书。

女秘书？律师楼的女秘书？

这同我念的科目风马牛不相及——也是我最不想干的工作。

近半年来经济低迷，市道不好，很多应届的大学毕业生也找不到工作。我有两三年工作经验，成绩也不错，情况不致糟到"饥不择食"。

我是在见过我老板，唐卓旋律师之后，才决定推掉另一份的。

14

我知道自己在干什么。

——唐卓旋"本来"是我老板。

后来不是了。

当我上班不到一星期，一个女人打电话来办公室。

我问：

"小姐贵姓？"

"杨。"

"杨小姐是哪间公司的？有什么事找唐先生？可否留电话待他开会后覆你？"

我礼貌地尽本分，可她却被惹恼了：

"你不知我是谁吗？"

又不耐烦：

"你说是杨小姐他马上来听！"

她一定觉得女秘书是世上最可恶的中间人。比她更了解男朋友的档期、行踪、有空没空、见谁不见谁……甚至有眼不识泰山！女秘书还掌握电话能否直驳他房间的大权？一句"开会"，她便得挂线？

她才不把我放在眼内。

唐律师得悉，忙不迭接了电话，赔尽不是。他还吩咐我：

"以后毋须对杨小姐公事公办了。"

杨小姐不但向男人发了一顿脾气，还用很冷傲的语气对

我说：

"你知道我是谁了，以后便不用太噜苏。"

"是。"

我忍下来。记住了。

我认得她的声音。知道她的性格。也开始了解她有什么缺点男人受不了。

唐律师着我代订晚饭餐桌餐单，都是些高贵但又清淡的菜式，例如当造的白露笋。

杨莹是吃素的。

她喜欢简单的食物，受不了油腻。她认为人要保持敏锐、警觉、冷静，便不能把"毒素"带到身体去。她的原则性很强。

唐卓旋说：

"她认定今时今日的动物都生活得不开心，还担惊受怕，被屠宰前又因惶恐而产生毒素，血肉变质。人们吃得香，其实里头是'死气'。"

因为相信吃肉对人没有益处，反而令身体受罪，容易疲倦，消化时又耗尽能量，重油多糖浓味，不是饮食之道。云云。

"你呢？"我问唐卓旋，"你爱吃肉吗？"

"我无所谓，较常吃白肉，不过素菜若新鲜又真的很可口。也许我习惯了女朋友的口味。"

唐律师笑：

"上庭前保持敏锐清醒是很重要的。"

我说：

"我知道了。"

有一天，他忽地嘱咐我用他名义代送花上杨莹家。我照做了。他强调要送白色的百合。

没反应。也没电话来。他打去只是录音。手机又没开启。我"乐不可支"。

第二天、第三天……再送花。

送到第七天，他说：

"明天不用再送了。"

我说：

"我知道了。"

又过了两天，他问我：

"星期日约了一些同行朋友出海，不想改期，你有空一起去吗？"

我预先研究一下他们的航行路线。

若是往西贡的东北面，大鹏湾一带，赤洲、弓洲、塔门洲，都面临太平洋，可以钓鱼。我还知道该处有石斑、黄脚鱲、赤鱲等渔产。建议大家钓鱼——而且杨莹又不去，她在，大家避免杀生，没加插这节目。

同行虽如敌国，但出海便放宽了心。

我们准备了钓竿鱼丝，还有鲜虾和青虫做饵。还加上"诱饵粉"，味道更加吸引。

只要肯来，便有机会上钩。

游艇出海那天，一行八人。清晨七时半集合，本是天朗气清，谁知到了下午，忽现阴霾，还风高浪急。

船身抛来抛去，起伏不定，钓鱼的铺排和兴致也没有了。

"本来还好有野心，钓到的鱼太小，马上放生，留个机会给后人。"

在西贡钓鱼，通常把较大的鱼获拎上岸，交给成行成市的酒楼代为烹调上桌。但今天没有什么好东西，无法享受自己的成果。

我连忙负荆请罪：

"各位如不嫌远，我请客，请来我家小店尝尝天下第一美食。"

一听是"上环"！有人已情愿在西贡码头吃海鲜算了。我才不在乎他们。

"老板给我一点面子——"我盯着目标，我的大鱼。看，我已出动"诱饵粉"："你又住港岛，横竖得驾车回家。他们不去是他们没口福。"

他疑惑：

"你家开店吗？"

又问：

"是什么'天下第一美食'？——你并非事必要说，但你现在的话，将来便是呈堂证供。话太满对自己不利。"

"保证你连舌头也吞掉！"

我知道他意动——他今天约我出海便是他的错着了。以后，你又怎可能光吃白肉？

"你根本没吃过好东西。"我取笑，"你是我老板我也得这样说。"

"别老板前老板后。"他笑，"我不知你也是老板。"

在由西贡至上环的车程中，我告诉他，我和妈妈的奋斗史。他把手绢递给我抹掉泪水。

一看，手绢？

当今之世还有男人用手绢吗？

——"循环再用"，多么环保。

我们是层次不同实质一样的同志。

我收起那手绢：

"弄脏了，不还你了。"

望着前面的车子。人家见了黄灯也冲。他停下来。

"随便，不还没关系，我有很多。"

我说：

"以为二三十年代的人才用手绢。"

"我鼻敏感，受不了一般纸巾的毛屑。"

太细致了，我有点吃力。

但我还是如实告诉他，我们的故事——不能在律师跟前说谎，日后圆谎更吃力，他们记性好。

我——不——说——谎。

我斜睨他一下：

"我们比较'老百姓'，最羡慕人娇生惯养。真的，从来没试过……"有点感慨。

我们虽然是女人，但并不依赖，也不会随便耍小性子，因为独立谋生是讲求人缘的。

但我们也是女人，明白做一个男人背后的女人很快乐，如果爱他，一定尊重他，可惜男人总是对女人不起——我们没人家幸福就是了。他用力搂搂我肩膊。

不要紧，我们还有卤水鹅。

果然，卤水鹅"征服"了他的胃。

他一坐下，妈妈待如上宾。

先斩一碟卤水鹅片。驾轻就熟。

挑一只最饱满的鹅，卤水泡浸得金黄晶莹，泛着油光，可以照人。用手一摸鹅胸，刀背轻弹。亲切地拍拍它的身子，放在砧板上，望中一剖，破膛后还有卤汁漏出，也不管了，已熟的鹅，摊冷了些才好挥刀起肉，去骨。嚓嚓嚓。飞快切成薄片，排列整齐，舀一勺陈卤，汁一见肉缝便钻，转瞬间，黑甜已侵占鹅肉，更添颜色。远远闻得香味。再随手拈一把芫荽香菜伴碟……

"妈，再来一碟带骨的。加鹅颈。"

净肉有净肉好吃，但人家是食髓知味，骨头也有骨头的可口。

接着，厨房炒了一碟蒜茸白菜仔、一碟鹅肠鹅红、沙爹牛肉、蚝烙、卤水豆腐（当然用卤鹅的汁）、冻蟹、胡椒猪肠猪肚汤……还以柠檬蒸乌头来作出海钓鱼失败的补偿——以上，都不过是地道的家乡菜，是卤水鹅的配角。鹅的香、鲜、甜、甘、嫩、滑……和一种"肉欲"的性感，一种乌黑到了尽头的光辉灿烂，是的，他投降了。着魔一样。

唐卓旋在冷气开放的小店，吃得大汗淋漓，生死一线，痛快地灌了四碗潮州粥。

以大力鼓掌作为这顿晚饭的句号。

我道：

"我吃自家的卤水鹅大的，吃过这黑汁，根本瞧不起外头的次货。"

妈妈满意地瞅着他：

"清明前后，鹅最肥美，这卤汁也特别香。"

"是吗？为什么是清明呢？"他问。

"是季节性吧，"我说，"任何动物总有一个特定的日子是状态最好的。人也一样啦。"

"对对，也许是这样。"妈一个劲说，"其实我卖了十多廿年的鹅，只有经验，没有理论。"

"伯母才厉害呢。白手兴家，不简单。"

有男人赞美，妈妈流露久违的笑意。她是真正地开心。因为是男人的关系吧。

我把这意思悄悄告诉唐卓旋，他笑，又问：

"说她不简单，其实又很简单。"

是的。她原本就很简单——没有一个女人情愿复杂。正如没有一个女人是真正乐意把"事业"放在第一位。

"你爸爸唤'谢养'，照说他不可能给你改一个'谢月明'的名字。"他问，"是不是在月明之夜有值得纪念之事？"

"不是。"

"有月亮的晚上才有你？所以谢谢它？"

"哪会如此诗意？"我故意道，"——不过因为这两个字笔划简单。"

他抬头望月。又故意：

"月亮好圆！"

"唐卓旋你比我爸爸更没诗意！"

唐卓旋后来又介绍了一些写食经的朋友来，以为是宣传，谁知人家早在写"潮州巷"的时候，已大力推介。我们还上过电视——他真笨！一个精明的律师若没足够的八卦，不知坊间发生过什么有趣事儿，他也就不过活在象牙塔中的素食者。

他祖父生日那天，我们送了二十只卤水鹅去。亲友大喜。口碑载道。

我的出身不提，但作为远近驰名食店东主的女儿，又受过工商管理的教育（虽然在鹅身上完全用不着），是唐律师的得力助手，我是一个十分登样的准女友。

我知道，是卤水鹅的安排。是天意。

日子过去。

我对他的工作、工余生活、起居、喜怒哀乐，都了如指掌。

他手上有一单离婚官司在打，来客是名女人，他为她争取到极佳的补偿，赡养费数字惊人。

过程中，牵涉的文件足足有七大箱，我用一辆手推车盛载，像照顾婴儿般处理——因为这官司律师费也是个惊人数字。

法官宣判那天，我累得要去按摩。

他用老板的表情，男友的语气：

"开公费，开公费。"

我笑：

"还得开公费去日本泡温泉：治神经痛、关节炎，更年期提早降临！"

也有比较棘手的事：一宗争产的案件。一个男人死后，不知如何，冒出一个同他挨尽甘苦的"妾侍"，带同儿子，和一份有两名律师见证的遗嘱，同元配争夺家产。

元配老太太念佛，不知所措。

大儿子是一间车行的股东之一，与唐卓旋相熟，托他急谋对策。

律师在伤脑筋。无法拒绝。

我最落力了。我怎容忍小老婆出来打倒大老婆呢？——

这是一个难解的"情意结"。虽然另一个女人是付出了她的青春血泪和机会。

我咬牙切齿地说：

"唐律师，对不起，我有偏见——我是对人不对事。"

他没好气。权威地木着一张脸：

"所以我是律师，你不是。"又嘱，"去订七点半的戏票，让我逃避一下。"

太好了。

电影当然由我挑拣——我知道他喜欢什么片种。

他喜欢那些"荡气回肠"的专门欺哄无知男女的爱情片。

例如《泰坦尼克号》。奇怪。

散场后，我们去喝咖啡。咖啡加了白兰地酒。所以人好像很清醒又有点醉。

我说：

"在那么紧逼的生死关头，最想说的话都不知从何说起了。"

他还没自那光影骗局中回过来：

"从前的男女，比较向往殉情，一起化蝶，但现代最有力的爱情，是成全一方，让他坚强活下去，活得更好——这不是牺牲，这是栽培。"

"男人比女人更做得到吗？"

"当然。"他道，"如果我真正爱上一个人，我马上立一张'平安纸'——"

"平安纸"是"遗嘱"的轻松化包装，不过交代的都是身后事。今时今日流行立"平安纸"是因为人人身边相识或不相识的人，毫无预兆地便大去了。

我最清楚了。

"你自说自话，你的遗愿谁帮你执行？"

"我在文件外加指示，同行便在我'告别'后处理啦——"

"这种事常'不告而别'的呀。"

"放心。既是'平安纸'，自有专人跟进你是否平安。"

他忽地取笑：

"咦？——你担心什么？"

我没有看他。

我的目光投放在街角的一盏路灯。凄然：

"不，我只担心自己——如果妈妈去了，我没有资产，没有牵挂的人，没有继承者……你看，像我这样的人，根本不需要'平安纸'的。"

生命的悲哀是：连"平安纸"也是空白迷茫的。

我站起来：

"我们离开香港——"

"什么？"

我说：

"是的——到九龙。驾车上飞鹅山兜兜风吧？看你这表情！"

在飞鹅山，甜甜暖暖的黑幕笼罩下来，我们在车子上很热烈地拥吻。

我把他的裤子拉开。

我坐到他身上去。

他像一只仍穿着上衣的兽……

性爱应该像动物——没有道德、礼节、退让可言。

把外衣扔到地面、挂到衣架，男女都是一样的。甚至毋须把衣服全脱掉，情欲是"下等"的比较快乐。肉，往往带血最好吃！

——这是上一代给我的教化？抑或他俩把我带坏了？

我带坏了一个上等人。

……

是的，日子如此过去。

一天，我又接到一个电话。

我问：

"小姐贵姓？哪间公司？有什么事可以留话——"

"你不知我是谁吗？"

"对不起，我不知道。"我平淡而有礼地说，"唐先生在开会。他不听任何电话。"

"岂有此理，什么意思？我会叫他把你辞掉。"

"他早已把我辞掉了。"我微笑，发出一下轻俏的声音，"我下个月是唐太。"

——我仍然帮他接电话。当一个权威的通传，过滤一切。大势已去了。

我不知你是谁!

我已经不需要知道了杨——小——姐。

结婚前两天。

妈妈要送我特别的嫁妆。

我说：

"都是新派人，还办什么'嫁妆'？"

她非要送我一小桶四十七岁的卤汁。

"这是家传之宝，祖父传给你爸爸三十年，我也经营了十七年。"

"妈，"我声音带着感动，"我不要。想吃自会回来吃。同他一齐来。"

我不肯带过去。

虽然爸爸走了，可我不是。我不会走，我会伴她一生。

"你拿着。做好东西给男人吃——它给你撑腰。"

"我不要——"

她急了：

"你一定得要——你爸爸在里头。"

我安慰她：

"我明白，这桶卤汁一直没有变过，没有换过。有他的心血，也有你的心血。"

"不，"她正色地，一字一顿，"你爸爸——在——里——头！"

我望定她。

她的心事从来没写在脸上。她那么坚决，不准我违背，莫非她要告诉我一些什么？

"月明，记得有一年，我同爸爸吵得很厉害吗？"

是的，那一年。

我正在写 penmanship，串英文生字，预备明天默书。我见妈妈把一封信扔到爸爸的脸上。

我们对他"包二奶"的丑事都知道了，早一阵，妈妈查他的回乡证，又发觉他常自银行提款，基于女人的敏感，确实是"开二厂"。

妈妈也曾哭过闹过，他一时也收敛些。但不久又按捺不住，反去得更勤。每次都提回来十几只鹅作幌子。

妈妈没同他撕破脸皮，直至偷偷地搜出这封"情书"。

说是"情书"，实在是"求情书"——那个女人，唤黄凤兰。她在汕头，原来生了一个男孩，建邦，已有一岁。

后来我看到那封信，委婉写着：

"谢养哥，建邦已有一岁大，在这里住不下去。求你早日帮我们搞好单程证，母子有个投靠。不求名分，只给我们一个房间，养大邦邦，养哥你一向要男孩，现已有香灯继后，一个已够。儿子不能长久受邻里取笑。我又听说香港读书好些，有英文学……"

爸爸不答。

妈妈气得双目通红，声音颤抖：

"你要把狐狸精带来香港吗？住到我们家吗？分给她半张床吗？"

她用所有力气拎起所有物件往他身上砸："这个贱人甘心做小的，我会由她做吗？你心中还有没有我们母女？——有我在的一天她也没资格，这贱人——"

"不要吵了！"爸爸咆哮，"你吵什么？你有资格吗？你也没有注册！"

妈妈大吃一惊。

如一盘冰水把她凝成雪人。

她完全没有想过，基本上，她也没有名分，没有婚书，没有保障。她同其他女人一样，求得一间房，半张床，如此而已。

——她没有心理准备，自己的下场好不过黄凤兰。而我，我比一岁的谢建邦还次一级，因为他是"香灯"！

虽然我才七岁，也晓得发抖。我没见过大人吵得那么凶。遍体生寒。

妈妈忽然冲进厨房，用火水淋满一身。她要自焚。正想点火柴——

我大哭大叫。爸爸连忙把她抱出来，用水泼向她，冲个干净。他说：

"算了算了，我不要她了！"

那晚事情闹得大，不消一天，所有街坊都自潮州巷中把这悲剧传扬开去，几乎整个上环都知道。

我们以为他断了。

他如常打牌、饮酒、开铺、游冬泳、买鹅、添卤、练功、神打……

他如常上大陆看他的妻儿。

刺鼻的火水味道几天不散——但后来也散了。

妈妈遭遇前所未有茫无头绪的威胁。

她不但瘦了，也干了。

但她仍如常操作，有一天过一天。每次她把卤汁中的渣滓和旧材料捞起，狠狠扔掉，那神情，就像把那个女人扔掉一样——可是，她连那个女人长相如何也不清楚。她此生都未见过她，但她却来抢她的男人。她用一个儿子来打倒她。她有惟一的筹码，自己没有。

扔掉了黄凤兰，难道就再没有李凤兰、陈凤兰了？

妈妈一天比一天沉默了。

在最沉默的一个晚上，左邻右里都听到她爆发竭斯底里的哭喊：

"你走！你走了别回来！我们母女没有你一样过日子！你走吧！"

说得清楚明确。惊天动地。

最后还有一下大力关门的巨响。

故意地，让全城当夜都知道妈妈被弃。

爸爸走了，一直没有回来过。

"——爸爸没有走。"妈妈神情有点怪异，"他死了！"

我的脸发青。

"那晚他练神打，请'师公'上身后，拿刀自斩，胸三刀，腹三刀，背三刀，颈三刀……斩完后，刀刀见血。"

他的功力不是很深厚吗？每次练完神打，他裸着的上身只有几道白痕，丝毫无损——但那晚，他不行了……

妈妈憋在心底十七年的秘密，一定忍得很辛苦。

她没有救他。没有报警。

因为她知道自己救不了。他流尽了血……

以后的事我并不清楚。

在我记忆中，我被爸爸夺门而出，妈妈哭闹不休的喧嚣吓坏了，慌乱中，那一下"砰！"的巨响更令我目瞪口呆，发不出声音。因为，我们是彻底地失去了他！

第二天，妈妈叫我跟外婆住几日。她说：

"我不会死。我还要把女儿带大。"

外婆每天打几通电话回家，妈妈都有接听。她需要一些时间来平复心情，收拾残局。还有，重新掌厨，开铺做生意。

是的，她只闭门大睡了三天，谁都不见不理，包括我。然后爬起床，不再伤心，不流一滴泪，咬牙出来主理业务。

那时她很累，累得像生过一场重病……

但她坚持得好狠。

原来请的两个工人，她不满意，非但不加薪，且借故辞掉，另外聘请。纵是生手，到底是"自己人"——小店似换过一层皮。而她，不死也得蜕层皮。

此刻，她明确地告诉我：

"你爸爸——在——里——头！"

我猜得出这三天，她如何拼尽力气，克服恐惧，自困在外界听不到任何声息的练功房中，刀起刀落，刀起刀落。把爸爸一件一件一件……地，彻夜分批搬进那一大桶卤汁中。

他雄健的鲜血，她阴柔的鲜血，混在一起，再用慢火煎熬，冒起一个又一个的泡沫与黑汁融为一体。随着岁月过去，越来越陈，越来越香。

也因为这样，我家的卤水鹅，比任何一家都好吃，都无法抗拒，都一试上瘾，摆脱不了。只有它，伸出一双魔掌，揪住所有人的胃——也只有这样，我们永远拥有爸爸。

任他跑到天涯海角，都在里头，翻不过五指山。传到下一代，再下一代……

莫名其妙地，我有一阵兴奋，也有一阵恶心。我没有呕吐，只是干嚎了几下。奇怪，我竟然是这样长大的。

我提一提眼前这小桶陪嫁的卤汁，它特别地重，特别珍贵。

经此一役，妈妈已原谅了爸爸。他在冥冥中赎了罪。

"你竟然不觉得意外？"妈妈阴晴不定，"你不怪责妈妈？"

怎会呢？

我一点也不意外。

一点也不。

妈妈，我此生也不会让你知道：在事情发生的前一个晚上……

我看见了——

我看见了——

妈妈，我看见你悄悄上了天台，悄悄打开练功房的门，取出一块用过的染了大片腥红的卫生巾，你把经血抹在刀上，抹得很仔细、均匀。刀口刀背都不遗漏。当年，我不明白你做什么。现在，我才得悉为什么连最毒的黑狗血都不怕的爸爸，他的刀破了封。他的刀把自己斩死。

——当然是他自斩。以妈妈你一个小女人，哪有这能力？

我不明白。但我记得。

妈妈，人人都有不可告人的秘密，你有，我也有。不要紧，除了它在午夜发出不解的哀鸣，世上没有人揭得开四十七岁的卤汁之谜。电视台的美食节目主持人太天真了。

我们是深谋远虑旗鼓相当的母女。同病相怜，为势所逼——也不知被男人，抑或被女人所逼，我们永远同一阵线。

因为我们流着相同的血。

吃着相同的肉。

"妈妈,"我拥抱她,"你放心,我会过得好好的,我不会让男人有机会欺负我。"

她点点头,仍然没有泪水。

"这样就好。"

她把那小桶卤汁传到我手中,叮嘱:

"小心,不要泼泻了。不够还有。"

——在那一刻,我知道,她仍是深爱着爸爸的。

她不过用腥甜、阴沉而凶猛的恨来掩饰吧……

钥匙

吃燕窝糕的女人

我的冷汗像一条条小虫，蠕蠕爬下来……

回想最初，只不过是电话。

"铃——铃——"

电话响了。我知道又是这可恶的神秘人："喂——喂——"

果然！

我入伙才一个月，装修、搬家、整顿一切，已累得半死，还要受这种无头电话的折腾——我猜"她"是女人，凭我对轻微呼吸的直觉。她好像逼切地找一个人，但又不敢开口。

不知这电话号码上手是谁。但我有时工作至午夜，灵感被它打扰，实在太气恼了。终于我向电话公司要求：如果来电拒绝显示号码，一律不接听，或进入"电讯箱"留言。

间中，电讯箱仍有不肯留言的沉默来电，没有号码显示。这个神秘人也许觉得没趣，就放过我了。

我自加拿大回港五年，现在一家广告公司当美术设计，包括天王歌星的 CD、爱情小说，或大公司周年纪念的一系列推广计划及纪念礼品。

才从一个在股票市场惨败，需卖楼套现救急的业主手上，超低价买入这七百多呎的单位，把墙全拆掉，所有间格打通，以强化玻璃分隔睡房、大厅和工作间。我甚至把浴缸也扔弃，改用企缸。

装修个半月下来，全屋没有一块砖是原来的遗物。我把一间俗套的房子，布置成自己的安乐窝，我终于自立了。

买这房子，是阿力介绍的地产代理特别留神。我以为阿力有点"暗示"，但他没有什么，只是忙自己的事。

我选用的颜色，是蓝、白、灰、黑。主调很冷，但墙上挂上的，都是阿力的摄影作品——他不是名家，器材也不名贵，他喜欢拍"动"的东西，体育性强的，稍纵即逝的。一个男人游泳时背部如豹的肌理、几乎撞向民居的飞机等等。

他与我是两种人。

但我们是同类人。

一边听着 Lou Reed 的 *Perfect Day* 和 *Sex With Your Parents*，我摊开一地试用 APS 超广角镜头相机拍下的生活照，捕捉感觉。

仍未到"死线"，所以我的心懒散得很，把罐头洋葱汤干掉，吃了一条法国面包，羊奶软芝士也报销了，瘫痪在沙发上，电视正播放世界杯。

四年前，也是世界杯的大日子，我在铜锣湾一家酒吧认识阿力。那时我刚回港不久，我们晚晚泡在一起。但这几天，我的移动电话没有他的声音。他只来看过装修两次。像局外人，而我却把他的作品都放在当眼的地方。多配了一条门匙，还没交到他手上——"我的大门随时让你打开"？这情形有点可笑。也可恨。

球赛在三十七度酷热的法国举行，足球无休止地动弹不安。我在冷气间渴睡起来。

然后我便睡着了。

如同所有前途无限的新中产阶级一样，在一个"茧"中工作、通讯、吃喝玩乐、睡觉。追求赏心悦目，但向往风平浪静。

我的房子简单、通透，很舒服——我只需头脑亢奋便成了。

忽地门铃响起来，是邮差送来挂号信。我看看钟，已经是上午十一时了。

那封信由银行发出。

我没有存钱在这银行，不是他们客户。

银行通知我，保险箱到期了，请我去办理手续。收件人"Paul Chiu"，是我英文名字。不过我在任何文件上，都用"赵品轩"的译名，所以我怀疑这信不是给我的。

不理它。

隔了三天，挂号信又来了，务必要我去一趟。编号是B237ZQ。

我没有什么贵重物品，也没有秘密，不需放进保险箱中。惟一家当是屋契，但做了按揭，当然不由我保管。我回了银行一个电话，告诉他们弄错了。

"没有错，赵先生，是这个地址——我们是依循留言通知你的。这留言是十年前所定的。"

"但我根本没租用过保险箱，也从未交费。十年前我还在加拿大。"

"你是赵保罗先生吗？Paul Chiu？"

"我不会付你十年的欠款的！"

——但，费用早已付了。

我说：

"我没有钥匙，又不想要保险箱中的东西。你们把它扔掉好了。"

在经理面前，我无奈地摊牌：

"我不会付'爆箱'的费用，这一千元太冤枉。我只是希望你们不要再寄通知信来烦我——再说，谁会预知我新居的地址？"

他把我的身份证交回：

"赵先生，身份证号码相符，这 B237ZQ 里头的物件请你取回。当然你可以继续租用。"

我错了!

我不应该好奇,不应该乱动"人家"的东西。叫我万劫不复。

——但我打开了那个保险箱。

有两样物件:一个黑布裹着的圆筒状包包。一个不知是宣纸抑或玉扣纸所做的已变黄的信封。

我不知那包包会是什么奇怪的东西,或者先人的遗物?战战兢兢地掀开四角,谁知还有一层黑布,护卫森严。一层又一层,足有四层,最后,才见是一筒菲林。是已拍了照片,但似乎一直未被冲晒出来的底片。不是我们常见的牌子,而且是"大底",即一二〇底片。现在一般人很少用这个。

不知道这"不见天日"的菲林,潜藏在黑暗之中的神秘光影,是令人"惊艳"或"惊惧",究竟是谁拍摄呢?

我更好奇了。在此刻,我是无论如何也要带走,非把它冲晒出来不可。

至于另一个古老的信封,又轻又薄,好似是空的。我拈起,望光照一照,有个影儿。微重。打开信封,不费劲,它已裂,是纸变质了。

一条小巧玲珑的锁匙掉下来。我接不住。太小了,落地无声,几乎还隐没在地面。我把指头变换了姿势和方向才把它给"夹"上来。我怕它会无缘无故地消失,有点紧张,赶快用银行的厚纸信封给盛好，折了两下，放进口袋中，再拍一下，肯定它存在。

经理为我办妥退租手续，他有专业操守，绝不多言。只是我问：

"这两样物件奇怪吗？"

他笑：

"顾客可在保险箱中放任何'宝物'。什么都有，千奇百怪。例如威士忌、果酱、毡帽、骨灰、色情刊物、情信、死者的头发、名画、标本、其他保险箱的钥匙……"

"这是另一个保险箱的钥匙吗？"

"不像。"他含蓄地，"不便乱猜——多半是女人的箱子用，那么精致。"

"希望找到一个箱子给它开启。"

——但这是不可能的。

我试过新居中所有的锁：门、窗、行李箱子、鼻烟壶、音乐盒、电脑、抽屉……当然不适用，因为它们根本不是它的主人。而我也没太多锁。

那筒黑白菲林，因是旧式，一般冲晒店不做这生意，或需时七至十天。

我回到公司，请摄影组的小李帮我赶出来。一众热情地参与这样荒谬地"侵犯"人家私隐的勾当。虽然我是被逼承受了它。

不久，我见到冲晒的效果了。微粒很粗。

小李皱着眉：

"这菲林是不是搁了很久？都变了，药水起不了作用，你看——"

照片出来是正方形的，共十二张。但十张模糊不清，人面是一片白影，或像用手抹过不想人见到。甚至不能肯定是人像。两张仅仅见到一只白手套，是二三十年代那种绢质，有玫瑰花，花心是珠子，还饰白羽毛之类。因照片只有黑白二色，我认为是白手套，手套很长，及肘。是女人的手。

女人的手拈着一条白色（假设是白色）的糕点往嘴边送。旁边有个盒子，只见一角，约莫是"齐"、"心"两个字。

小李问：

"谁可猜到是什么字？什么'齐心'？"

史提芬对美术字体有研究：

"不是'齐心'，是'心斋'。"

阿美问：

"会不会是日本 Osaka 的'心斋桥'呀？"她是汉奸，每年两次到日本换季。

"不。'斋'下面没有字。而'心'太小，应是个组合的字，例如'志'、'意'、'恩'、'怨'之类。"

我看到盒子另一角有"燕窝糕"。这个女人一定在吃着燕窝糕……

经了一番追查，又问电话公司，我还惊动了母亲大人。

其实，我很不愿意惊动她。

她送我上机，又接我回港。日子过去了。

但我搬出来独立生活，有一半原因，是避免她追问我和阿力的关系——虽然我曾安排她"无意中"遇到我同女同事一起（阿美也客串过），起"澄清"作用。但性取向如同咳嗽和贫穷一样，是无法隐瞒的。

即使将来不是阿力。但她一双渐不过问我感情，不提娶媳妇的敏感问题，在静夜中又在我身后稍驻的哀伤的眼睛，它们开明却无奈，这是我不希望接触，却如芒刺在背的。

我不喜欢女人——只除了母亲。

得空我会给她打电话，客气但关怀——因关怀，常报喜不报忧。

她说：

"燕窝糕'陈意斋'最有名，是招牌货。这店有近百年历史了。"

她还告诉我：

"我小时候发热，不肯吃饭，也吃过燕窝糕。当年你外婆哄我，算是矜贵的零食呢。"

我没吃过。

不知这个装扮得那么用心的、爱吃燕窝糕的女人是谁呢——她不让我见到她，但又"出现"了。她究竟是谁？是请托我做点什么事吗？我满腹疑团。

乘机把这怪事告诉阿力。

这阵子找他不容易。日间，他去了抢拍"最后的启德"；夜里，忙看世界杯。

由于赤鱲角新机场正式启用，建立了七十三年，经历过日军炮火的启德旧机场退出历史舞台，成为陈迹。

我印象中，廿四岁在航空公司工程部工作的阿力，最漂亮的一刻，是相识不久，他带我去看他拍摄飞机。

他花了一千八百元买的接收器，可以监听机师与控制塔之间的对话，所以他捕捉"巨鸟"雄姿十分准确。

每当他拍到一帧"险象横生"的照片，都像个小孩般兴奋莫名：

"哗哗！我等了你老半天了。飞得最低是这架！"

当我致电阿力时，隔着大气电波，仿有离情。

"我现在一间旧楼天台'观鸟'，"他亢奋地说，"付了业主几百元他才肯开锁让我们来拍照的——有飞机有飞机——拍完才覆你。"

我听到遥远的一阵尖叫和呼喊，夹杂嘘声和歆歔。

"呀，bad-landing！"

"捉住了没有？"

"镜头给雨沾湿了——"

——他们就像是男人罹了不治之症，现在最后一刻去制造回忆的"准寡妇"。

那时是黄昏，约四点半。微雨。九八年七月五日之前，"发烧友"都走遍了机场观望台、九龙城广场天台、酒楼或民居天台、观塘码头、鲤鱼门、飞鹅山、信号山、龙翔道……这些热点，拍摄不同角度。即使天气恶劣，也争分夺秒——因为时间不等待任何人。

启德机场贴近密集的民居，不但饱受噪音之苦，飞机抵港低飞，还在屋顶"擦过"似的，快要压近撞上了，才以"肚皮"相示。

它是世上最危险的机场之一。

——但，它要消失了，从此面目全非，轰隆的巨响不再令人厌烦、痛恨，反而成为冷寂之前最后的怀念。一夜之间，启德关灯作别。"沉默"了，整个九龙城都因寂寞失聪。

新机场设施先进，是花费七百多亿港元兴建的"新欢"——人是记忆的奴隶？不，人都选择自己想记得的。逝去的永远是最好的。纵有千般不是，旧爱是难忘的。

我来不及告诉阿力，我手上也有已经逝去的东西。

关上电话。

他说拍完照片才覆我——但他一直没有。

蓝天将黑未黑，招牌和光管刚亮。我竟走到皇后大道中一百九十九号地下的"陈意斋"去。原来老店在广州。一九二七年在香港成立了分店。

我买了燕窝糕。顺便也买了些杏仁饼、牛肉干、虾子扎蹄、柠檬姜、辣椒榄、薏米饼……

我知阿力晚上会到湾仔一家酒吧看世界杯。这是爱尔兰特色的酒吧。早已挤满球迷，透过84×62吋的电视大荧幕，粗口横飞，群情汹涌。

那是一个十二码罚球。

阿力连黑啤也不喝，与一众他不认识的巴西拥趸在吵闹。

我不知他们吵什么。

一个说裁判太差劲，判错了。

一个说拉扯球衣，判罚是公平的。

一个说他下了重注赌波，竟大热倒灶。

……

我很喜欢看这些球迷的直接反应——一一都像顽童。他们开心，便大叫大跳。一下子落空，毫不掩饰地兽性大发。喜怒哀乐系于一个小小足球。

只有在这些场合，我们找到童真——在粉饰升平的世界中逃出来，走入原始土人部落。他们的精力用不完。

阿力有时是个故意抬杠的超级顽童。世上必有些死硬的"跟白顶红"派。他们一点也不喜欢毫无新意的大热门，最恨形势一面倒，当所有人捧巴西，他们便声援苏格兰或挪威，或克罗地亚，或法国。

这些人天生便爱"锄强扶弱"、"劫富济贫"，做不到侠盗、烈士，也得以口舌在千里之外奋勇表态。从来不肯跟风，不理时势，不看实力，不管胜负之可能性，总之，心理上打倒一切当权派，谄媚者，以及大多数群众。

阿力不相信牌面，他的"反调"只消中过一次，便会讲足一世。

我在那个乌烟瘴气的酒吧中同他厮混了大半晚。大部分时间在听他说话。

他扔给我一大沓飞机肚皮的照片，"一树梨花压海棠"的九龙城。

"这张最'完美'，"他指出，"有新、旧楼、大招牌、行车天桥、人群，还有客运大楼——最精彩的是天色，好像含着眼泪。"

我见到他脸上的光辉，完全忘掉"燕窝糕"照片——比起来，它是无地立足的"第三者"。

反而公司的同事比较关注。他们一边吃一边取笑。

"原来这些百年零食那么好吃，我们像不像古人？"

小李叫我过去看电脑显示屏：

"白手套放大，做了些效果，不很好，因为色太差。尽人事。"

他指着一些影像：

"上面有个指环。这儿。指环的饰物——"

对了！

指环的饰物就是那条小巧玲珑的钥匙——它不是钥匙，它只是装饰品，难怪世上没有供它开启的锁！

但是，为什么呢？我仍然没有头绪，我仍猜不透冥冥中谁给我这条钥匙。

晚上，当我听着 *Make No Sound* 和 *Tijuana Jady*，进入迷幻境界，开始我的功课时，母亲大人来电。

"你吃到燕窝糕没有？"

"吃了。"我告诉她，"味道淡得像米，像忘了放糖。好了，我要工作了。"

"我小时候最喜欢那个盒子。"她不愿搁下电话，"是'雪姑七友'，雪姑还让小鸟停在她手背上唱歌。"

"不，他们早改装了。"

我信手拈来一看。

或许那块包裹着长条形，米白色，中间夹了些碎燕窝的糕点不变——仍似一根白色的手指饼呢。但它的盒子是橙红的渐变色，还有燕子图案。写上"老少咸宜，味淡有益，开胃补虚，滋水生津"，一点古意也没有。

"店员说，政府要登上成分、重量、食用日期。咦？还有个编号——"

"这么复杂？"

"58726——大概是出厂编号。现在的零食注重卫生，过期不能卖。"

"从前我们不讲究这个，好像什么也不会过期。"

我对母亲一向很心虚。所以她有点伤感，并怀疑我是邻床错换过来的洋人婴儿——她大概期待我买两盒送给她（爸爸已对我弃权），但忘本的我竟然只记得急功近利有利用价值的同事！

我不孝！

我甚至没有好好给她一个孙子抱。因为弟弟品强会完成任务。

来世上一趟，为什么要为别人活？有那么多包袱呢？

我们喜欢一个人，"喜欢"的过程已经是享受，我们心动、欢愉、望眼欲穿，他对我们好一点就可以了——这种"折磨"有快感。

哪有一生一世？

而我做这设计，开了个通宵。忘了琐事，也忘了钥匙。

门铃响。

煤气公司的职员上门抄表。我正在看色版，着他自便。

"啊！你把厨房完全改掉。"

"对，上手业主的橱柜竟用橙黄色，太老套，我很少煮食，都扔掉。其实微波炉就够了。"

他熟练地打开中间那个橱柜，记录煤气使用度数。

他笑：

"用不到十几度。"

又道："这个铁箱子，最好改放别处。"

什么铁箱子？

我向橱柜内一看：

"这个箱子不是我的。"

"难道是我带来放进去的？"

我搔着头，百思不得其解。我搬来时，所有杂物全盘清理，一针一钩，都是本人设计新添，个人风格。我决不会搁着一个奇怪的铁箱子那么碍眼，碍手碍脚——我不知道它为什么会出现？

我搬起它，不算重，但打不开，上下左右全看遍，没有锁，没有匙孔。

我对这突如其来的古旧异物有点发毛。从地面冒出来，躲在煤气表的橱柜内，非常隐密，又带点嘲弄。我对空气说：

"你不要作弄我！"

用力砸在地上，发出巨响，它纹风不动。我拿刀劈它，用脚踢它，用锤敲它，用尖硬的锥撬它……我肯定里头应该没有"生命"吧。

因这番蹂躏，人和铁箱子都累了。

我竭尽所能摇撼它，突然，我见到在一侧，有一排数字的齿轮，原来是密码锁。

于是，胡乱地拨动一些数字，这肯定是无效的。孤军作战的我颓然坐倒。

望向桌面上的燕窝糕——燕窝糕，你有什么玄机？吃燕窝糕的女人，你究竟想怎样？你是谁？

58726！它的出厂编号。

我的心念电转，急奔狂跳，58726——铁箱子——打——开——了！

它打开了！

我身子反而向后一退，它像一个张大的嘴巴，同时，我的嘴巴张得比它大。

喘定片刻，我再察看这陌生的，不属于我，也不属于我身边的时空的铁箱子。

一只白手套。手套已残破，瞩目的是染了些褐色的"东西"，已干，凝成硬块，是血吗？是干了的，经过岁月的血吗？那只手——不，那只手套上，竟仍套着指环，但锁匙饰物不见了。

在——我——处。

这回，真的见有一张昏黄的旧照，签了上款："吾爱"。下款是："燕燕一九三三"。

燕燕？

这是一张唱碟封套。即我如今设计相类的功课。

封套中间挖空一个圆形，见到黑色唱碟的中心部分。抽出来一看，它砸得崩裂了一角。即我刚才粗暴的结果。

一九三三？

灌录的主题曲，是：

《断肠碑》。

封套底印了歌词：

"（中板）秋风秋雨撩人恨，愁城苦困断肠人。万种凄凉，重有谁过问。亏我长年惟有两眼泪痕。（慢板）忆佳人，透骨相思，忘餐废寝……

"龙凤烛，正人灯花惨遭狂风一阵，苦不得慈悲甘露，救苦救难救返芳魂。俺小生一篇恨史，正系虚徒于问。问苍天，何必又偏偏妒忌钗裙。天呀你既生人何必生恨，你又何必生人。莫非是天公有意将人来胡混。莫非是五百年前，债结今生？……"

燕燕穿二十年代的旗袍，前刘海，浓妆，戴着白手套，手拈一朵玫瑰花，同手套上的珠花羽毛相辉映，要多俗艳有多俗艳。她七分脸，浅笑若无。人应不在，但手套染血……

铁箱子中，还有一个小盒子。

这个小盒子木造，雕细花、缠枝。有个小小的锁。我拿出来，就灯光一看，赫然是以口红写上的：

"赵保罗吾爱"。

Paul Chiu——没可能！怎可能是我？

她怎可能用这种方法来找我？

我有生以来都没见过她，没爱过女人，我根本不爱女人，不认识燕燕，不吃燕窝糕。这是一个陷阱！

这是阴谋！

拎着那条小小的，但又重得不得了的钥匙，我颤抖着。几番对不上锁孔。

我恐惧，冷汗滴下来，越来越寒，呼吸也要停顿，只要有一点异动，我一定弹地跳起，撞向天花板。我挣扎着，又极渴望知道真相，我快要知道"我是谁"了！——

"咔嚓。"

寻找蛋挞

吃蛋挞的女人

当我走过旺角一家店铺的门前，就被他们新鲜出炉的新产品吸引。

"葡式蛋挞"

马上跟在人龙后面。

人龙很长，还绕了两圈，十分壮观。

很多人专程来购买，等上大半小时。

"葡式蛋挞"是新刮的小旋风，由澳门传来香港，葡国小食 Pasteis de Nata 经过改良，成为一种带着"黑斑"的蛋挞——这些表面的"黑斑"，其实是焦糖，外貌难看，入口香甜。

排着的队伍寸进，终于我买到半打。

急不及待尝了一口。太浓了。就像吃一块脂肪。

我是一个寻找蛋挞的女人。

每逢有新产品上市，就受到牵引。前不久，才有"姜汁蛋挞"

的"发明"。

那些蛋挞很厚实，颜色比较沉重，黄色中带点青。因为有姜汁，所以微辣，味道很独特。灵感一定来自姜汁撞奶——但，蛋挞皮仍是非常糟糕的批皮，厚厚一兜来盛载蛋汁，似一个碗多过一个挞。

我想："究竟在哪儿可以找到真真正正美味的可靠的酥皮蛋挞？"

传呼机响了。导演留言那个巧克力广告已落实：后天早上八点钟通告。嘱我别忘了给一双手"打水晶蜡"。好好维修保养。

我并非天生丽质的模特儿，身材亦不是呼之欲出的一类，但，我是全港五名"卖手的人"中一位。有些商品需要成熟的手，如婴儿纸尿片洗洁精；有些需要华丽的手，如钻戒名表；有些需要文艺的手，如钢琴金笔；有些需要带感情的手……作为"幕后黑手"的"幕前白手"，完全无心插柳。

我的一双手白净修长，指节均匀，这是天赋。但我很少做家务拿重物。母亲在时当然用不着，后来，也是姊姊负责，我可以专心念书——我明白自己一双美手，其实是家人的温情礼物。

本来在广告公司会计部工作，现代人多用电脑少写字，新一代的手，已经再也生不出厚茧来。完全没有从前文化人的"情意结"。

父亲的右手，却因大半生都在写字，所以连食指和中指也有"枕头"。是他生命的指环，终生摆脱不了。

文化人喜欢买份报纸上茶楼品茗，或到茶餐厅叹下午茶。父亲是个编辑，常带我们两姊妹去。当同作者聊天时，我便喝丝袜奶茶吃蛋挞。

自小就爱上蛋挞。

一流的蛋挞，厨房是一弄好便把整个铁盘捧出来，铁盘经了岁月，早已烘得乌黑。通常蛋挞出炉有定时，最早的大概七时三十分就有了，错过一轮，得等第二轮第三轮，总是隔得好久，望眼欲穿——有时不知如何，上午卖光了，要下午再来。

但一个个圆满的蛋挞，是值得依依守候的。

它们在铁盘上，排列得整整齐齐，争相发放浓浓的蛋香、奶香、饼香……

一流中的一流呢，应是酥皮的。油面团和水面团均匀覆叠，烘香后一层一层又一层的薄衣，承托那颤抖的、胀胖的、饱满的、活活地晃荡，但又永远险险不敢泄漏的黄油蛋汁，凝成微凸的小丘。每一摇动，就像呼吸，令人忍不住张嘴就咬……

蛋挞是不能一口全吃掉的。

先咬一口，滚烫得令嘴唇受惊，但舍不得吞。

含在嘴里，暖热而踏实，慢慢吃。此时酥皮会有残屑，顺势撒下，一身都是。又薄又脆，沾衣亦不管。再咬第二口……

直至连略带焦黄但又香脆无比的底层亦一并干掉，马上开始另一个。

——通常，第二个没第一个好吃。

……

"婉菁，再来一个——"

"OK。没问题。"

镜头只拍我的手。拈起一颗金黄色装的巧克力，打开它，黑褐色的身体中间有个血红的心。手要"表达"十分感动，有点抖，有点喜悦，然后全盘投降。

化妆师过来给手补粉。然后取笑：

"咦，稍为用力点，粉都抖得掉到地上去。"

一直对我有微妙好感的导演说：

"Close up 手的'表情'时收一些。但又不要太定，太定就很木。你不必忍着呼吸。"

纤纤玉手又再培养情绪开工。

每小时公价千多元的"卖手费"，当然比父亲弯腰蹙眉笔耕拼版……来得轻松。父亲除了卖手，还卖脑。

一个好的脑，也像一个蛋挞……

收工了。

灯一下子灭掉。公司有半箱巧克力，各人分一些当零食。我不爱导演递来的巧克力。甜品的首选决非巧克力。

蛋挞不贵，好的太少。而且人们在吃不到之前，不珍重它。

六七年暴动时我还没出生，所以回忆中没有左派土制炸弹"菠萝"。父亲从没发达。我觉得香浓醉人的丝袜奶茶和蛋挞已经是盛世——很讽刺，父亲的名字是"欧阳贵"，人家常误会他是前税务局长"欧阳富"的兄弟。年年总有不少打工仔在纳税之时对税局恨之入骨，欧阳富是惨遭诅咒的代号。每到税关，同事便拿我开玩笑：

"请你爸爸的兄弟不要心狠手辣，追到我们走投无路！"

我笑：

"有得纳税比没得纳税好，交很多很多的税，是我毕生宏愿。"

但，我没这"资格"，父亲不曾大富大贵，也没这"资格"。税务局长换了新人黄河生。而父亲也不在了。后来，当教员的姊姊结婚了。不久，生了一个男孩……

但觉过去相依的人相依的日子，也成为"末代"。

父亲贫穷而孤傲。报馆因他眼睛不大好，劝他退休。欢送会搞得很热闹，但公司无意照顾他终老。父亲死时且说：

"我近四十才生你俩，照顾的时间不够。你妈一向娇生惯养，但我的才华不能把她养到百年。我也怨过她短命，幸好她先去，我可代她操劳，作为补偿。若果我先去，她就辛苦了……"

说来还好像有点庆幸。他着我去买半打蛋挞。我在医院门外等的士，到了茶餐厅，又等蛋挞出炉——买回来时，父亲已昏迷，从这一刻开始，再也吃不到蛋挞了。实在痛恨世上竟有这样的错失。

我认为父亲是一流的男人。

每当吃蛋挞时，心情阴晴不定，不免又喜又悲。

失望的时候居多。我一直寻找好蛋挞，也寻找好男人。总不能长期住姊夫家，姊夫不是亲人。我要寻找一个亲如父亲的丈夫。这真是相当困难的事，比民间保钓号要登上属于中国领土但被日军舰包围侵占的钓鱼岛更困难。后来它还被撞沉。

念大学时，食堂中也卖小吃，当中有蛋挞。它不但永远不热，还永远脸皮厚，又冷又硬。总叫人联想起整容失败贵妇的一张假脸，影响食欲。食堂只做师生的生意，没什么赚头，大家也没什么要求。认识第一个男朋友沈家亮，他比我大一岁，但低一年。是个可乐迷，用可乐送蛋挞。

沈家亮习惯两口吃掉一个。若是迷你蛋挞还一口一个，顺喉而下。别人说"囫囵吞枣"，大概也没他快捷。

我比较喜欢方奕豪。还是沈家亮等一群人同他庆祝生日时，上他家认识的——我最先看中他的手：灵巧、敏锐、准确、豪放。他是一个电脑狂。电脑知识令我由衷敬佩。方奕豪拥有一百吋荧幕。三枪大投射、环回立体音响、接驳电脑后玩 internet……几乎每秒钟，指头翻飞永不言倦，好似世事都在运筹帷幄中。

既拥一百吋荧幕，当然需要远距离享用：距离既远，家居一定很大。

　　我觉得他很忙。他家的猫很寂寞。方家没什么人气，爸爸内地香港两地做地产生意，妈妈爱游埠，兄姊都搬出去自建王国，伴着方奕豪的，是全城最热闹最昂贵最堂皇的"机器"。

　　每次上去，那头慵懒的波斯猫，马上赶来依偎。我抚摸它的头颈，它眯着眼五官皱成一团，快活得很痛苦，久旱逢甘。

　　当方奕豪飞一般地帮我做 paper 时，脸容如在高潮。是激烈的盘肠大战。我抱着猫，它已十岁，高贵冷漠中，透着渴望。在猫而言，十分"成熟"了，即使暗恋主人，亦得不到青睐——它是如此地过了一生。

　　"我想吃蛋挞。"

　　"你叫 Maria 去买。"

　　"她怎么懂？"

　　"叫泉哥驾车去吧。"

　　"我们不能一起走吗？"

　　人们向往高楼、大屋、无敌海景……穷一生心力去追求。但屋大人少，总有寒意。

　　司机泉哥先去电作订。他买来的是太太上回赞不绝口的燕窝蛋挞呢。这家名店，以碎燕、鲜奶入蛋挞，包装和口味都矜贵——旧时王谢堂前燕，飞入寻常百姓家，泉哥不忘另买了两客木瓜燕窝炖奶回来。

一尝，燕窝蛋挞也许很养颜、滋润，但我未必天天吃得起。此刻才不免自卑——我怕自己会变成一只波斯猫。

而他的手和我的手，即使是"郎才女貌"，却是"聚少离多"，我告别了。

某日走过那家面包甜品店，原来姜汁蛋挞销路没普通蛋挞好，试食期后便回落。有些主妇投诉小孩吃不得辣。

不要紧。继续寻找。

市面上不断有新货，有些加入椰汁、木瓜茸、蜜瓜茸、士多啤梨装饰。也有杏汁、云耳、玉米、红豆、花生酱……

——但，没有一个蛋挞，是原始、平凡、老老实实的酥——皮——蛋——挞，在裹腹的同时，也分饰了甜品。只吃两个，就解决了一顿，令人温暖。当我用爱心去吃它时，它以爱心回报。说来简直有恋物癖。

肥彭就是我的"同志"。

在下英国旗的别离日，温暖的手，护送上了"不列颠尼亚号"，在凄风苦雨中，带走了一个大时代，也带走了蛋挞的灵魂。

我后来到他一度极力推崇的中环摆花街饼家，吃着蛋挞，但它们好似已散去了芳香。

而香港人顺利过渡，他们以为九七是一个艰难的关卡——后来才发觉，原来半年之后的亚洲金融风暴才更险峻。

只有"无产阶级"才没有损失，才是赢家。

星期天，走过地铁站，见到一个洋乞丐，手持大纸牌："我是法国人，钱包被偷去，无法回国，请多帮忙！"报上不是揭发过他利用港人同情心行乞吗？他是高大的男子汉，何以仍乐此不疲？

进了地铁车厢，见有空位，刚想坐下，忽地横来一个男人，以高速欺身占坐，厚颜地打开报纸埋头细阅。对面有男人在剪指甲。超级市场中有个男人，把减价的果汁价钱牌偷偷掀起，看看自己可以占多少便宜？而不管是否过期⋯⋯

在一个商场闲逛时，有人喊：

"婉菁！"

我回头，是一家可乐专门店。

原来是沈家亮。毕业后多年不见，各有高就。

他没有打工，却当起老板来。

他的店子，专卖可乐产品。例如手表、音乐匣、可乐罐、怀旧瓶、磁贴、收音机、相机、吹气玩具、雪柜钱箱、玻璃杯、笔、T恤、腰包、杯垫、锁匙扣⋯⋯迷你六瓶装的可乐盘，真是精致有趣——想不到他的兴趣是生意，几乎每一件货物，都是 Coca-Cola，喜气洋洋的红。

一个用可乐送蛋挞的同学，初恋情人。真是恍如隔世。

他把我拈起又看了很久的迷你小可乐送给我。

微笑收下了。然后同沈家亮和帮他看店的女友道别。我说：

"我会介绍公司的可乐迷来光顾的。报上我名字打九折？"

"八折。"他说。

哦仍有点"地位"。

他在我身后问。

"还是爱吃蛋挞吗？"

假日人太多，一时之间没听清楚。反而敏感地听见他女友向他耳语：

"她星期天也一个人？"

这是女人的本能。

下午气温高达摄氏三十度。炎夏来临了。但寂寞的人总是觉得凉。

道左有人声：

"真可怜呀，长得那么漂亮……"

"那辆私家车停也不停便走了！"

我听到微弱尖寒的叫声。

是一头白色染血的西施狗。疑与主人失散后，在马路上慌乱寻人，但这养尊处优的宠物，几曾遭过大风浪？又不谙世道，终被一辆东行的车子撞伤。

"有人报警了吗？"

警察已接报来了。他排开围观的路人。最初以为是人，但受伤的是狗，他也没有怠慢。透过对讲机通报了好些话。

警察蹲下来，先安抚小狗，然后抬头问：

"谁可给我一瓶清水？它失血很多。"

我递来一瓶矿泉水。他喂它喝。还脱下帽子，挥动扇凉，西施狗又倦又痛，但也静定下来，只不时呻吟。

警察安慰道：

"医生快来了！不要怕！"

铁汉温柔得令大家笑起来。我没有离去，看了好一阵。

直至"爱护动物协会"的工作人员来了，他们把小狗送交兽医治疗——虽然，下场或是人道毁灭。男人把帽子戴好，站起来。

我认出他：

"乑猪强——"

还没说完，警察站立在我跟前，足足高我一个头。与"乑猪"完全不配合。

乑猪强是茶楼报摊小贩的儿子。小时跟随父亲上茶楼，便代买一份报纸。乑猪强也认出我来。那时他还用一个生果箱当桌子做功课。

黄国强长大了。又高又壮。国字脸。手很粗。

我长大了。父亲老了。茶楼拆了。父亲死了。我大学毕业了。恋爱了。工作了。失恋了。入息多了。我仍然在寻找一流的蛋挞。而香港也回归了。

"好多年不见。"

"你怎么去了当差？"

"哦，我是当辅警。还有正职的——"他说，"三点三，我们坐下来聊聊。"

"到哪儿？"

"来，带你到'蛇窦'。"

"蛇窦"是地痞式茶餐厅，我怎会不知道。我是这样长大的，那时的差佬也偷空叹杯"鸳鸯"……

"我知有一间。他们嫌奶茶不够香浓，还用中药煲来干煎的，比苦茶还劲！"我兴奋。

"欧阳婉菁，"他像小学生一样，连名带姓地唤。他不敢帮我改绰号。虽然我叫他那个可厌的难听的乳名"夭猪强"。

"你小时最爱吃热腾腾的蛋挞，如果不够热你情愿等第二轮的。你爸爸这样说你。"

"是吗？"我有点愕然，"有吗？"

有点感动。但愿日子没有过去。

记得数年前念大学时看过一个电视剧集，"大时代"。在香港回归前，又重播过一次。

主题曲记得很清楚：

"巨浪，卷起千堆雪，

日夕问世间可有情永在。

冷暖岁月里，

几串旧爱未忘，

谁会令旧梦重现，

故人复在？

……"

旧梦不醒？故人永在？

我永远是个小女孩？

但，连城市也一觉醒来变了色。多少人还没熬过风暴黑夜便已倾家荡产。

人，说走便走，化作烟尘。

我只希望快点走到"蛇窦"。

坐下来，好好细说从头。冷暖岁月里，有些事，是急不及待要告诉故人。

我要告诉他：

拍巧克力广告时多么有趣。有家公司在经济低迷时邀我跳槽条件多么好。最近看一个电影哭得半死。某一回肚泻还怀疑自己霍乱。如果连鸡蛋也有禽流感就太可惜了。鲜黄晶莹的鸡蛋，不知能做多少个好蛋挞……

小姨甥玩电脑比我还棒。

好想用新机场去旅行。

我想知道他的近况，一切。

……我终于找到他了。

一边走一边闲聊。

黄国强客气地问：

"你近况如何？"

"＿＿"

他又道：

"我结婚了。女儿两岁。好可爱，又顽皮，胖得像小猪。你呢？"

猫柳春眠水子地藏

吃眼睛的女人

"猫柳春眠"水子地藏：

我儿。

今日你已立为地藏，凡俗间母子相称亦应废弃。

我是忍不住再喊你一声——此是最后一回。

日后，我会恒念你法号，并诵经供奉不绝。因我儿你已有安身立足之地位，且超然于我！

今日是五月五日端午节句。"端午"本是中国人风俗，但我等过端午，既无诗人，亦无龙舟，此日"菖蒲节"、"子供之日"，实为天下男孩而设。你亦有三岁了。

我特地把菖蒲带到你座前。"菖蒲"花白，谐音"尚武"。我儿，武力非我愿，只求你广庇世间小孩。

何以没在三月三日的"桃节"作"雏祭"？——因我认定你是一个儿子。不是女儿。母亲有此直觉。虽我是失败的妈妈。

在我小时候,每年三月三日,你外婆必把"雏人形"搬出庆祝。七段台阶铺上红色毯子,摆放皇帝、皇后、侍女、乐师、左右大臣、门卫……在小型桃花树下,并有宫廷摆设、轿子、古琴乐器。

她让我的"桃节"过得很快乐。节一过完,雏人形皆抹净收藏,好好保管,下一年再搬出。

女孩过桃节,亦是期望日后嫁得好,做个好母亲,世世代代,为小孩应节。

我儿,你竟从未度过自己的节句。

难以补偿。

于本高砂屋、风月堂、风雅庵、北野茶屋……皆见"柏饼"。除了柏叶包裹之糯米红豆饼外,亦有竹皮包蒸之粽子。几经挑选,终光顾"满愿堂",作为今日"满愿"之祈福。

柏饼好黏,小心吃,勿哽在喉。小心小心。

此外升在你身边之"鲤帜",以黑、红、蓝三条鲤鱼形布幡组成。因无风,鲤帜静垂。我儿,此亦儿童福祉。有男孩之家庭,必在院子中或阳台上高升。我或在祭祀后拿回家中,让之迎风飞送,儿你有日鲤跃龙门,位列更高仙班。

我没带来江户时代盔甲人形应节,因法师认为世俗之物,有坏静修。我也不喜暴戾——虽我杀你,情非得已。

杀你之后,无一夜安眠。

三年以还,常作一梦。

76

地狱中，枉死城内，有一区，成群小孩，由一时高至略成人形不等。满面鲜血，一身污渍，啼哭不止，有的且躺于地上打滚、顿足……

这批枉死儿，不能出世，又无法转世，是以一腔仇恨，神情怨毒。

我儿，你最乖巧，哭声不大，面目看不清楚。我认得，你有目无仁。双手摸索，一众之中至为弱小，向我哀哭：

"妈妈妈妈，你为什么困着我？"

乍一梦醒，心如刀割，子宫亦疼彻心脾。肚腹有敲叩声……

你看不见我。

你认不得我。

——只是你我血脉相连，不容否认。

今日我倾三年来积蓄，为你立像，神位供养于寺庙。把你释放，并作赎罪。

"水子地藏"原属婴灵。法师之言，人一喜一忧，乃因果应报，其指引："自业自得"，我亦明白。mizuko-jizo，"水子"亦即"稚子"、"童子"。我儿你虽童稚，母亲心意，当可体念。

每个"水子地藏"，均围以前挂，以此垫肩，揩抹口涎。各式各样之前挂，五彩缤纷。我见有素淡简约、有写满经文、有绣上装饰、有缀以花边……前挂属婴儿常备，一望而知，软弱无能，需要扶持。我为你围上一绣了小猫的前挂，望你喜欢。

供品之中，有玩具、猫人形、风车、可口可乐、纸灯笼、彩带、香烛……还有生鲜水果。法师明日来为你诵经，你若不明白，亦得耐心细听，终会省悟。

或许你问，何以爸爸不来？

你亦看不见他。

认不得他。

人海茫茫，以你之力，寻找不到。我请你别问别追。

因我亦决定淡忘之。

——难。终得一试。

我将去仙台，作别大阪、神户、京都。仙台在东北，甚远。不宜长途跋涉。你爸爸也不知。

若你不甘，但告诉你，他唤今井勇行。

三年多以前，阴历六月暑气热烈，水泉枯干，滴水皆无，古称"水无月"。天炎、夜短。经数日夕烧，大地水尽，人灼热，避入地底。

幸好一场梅雨，令人涤荡。

我是在梅田阪急三番街，认识今井勇行。

高校毕业后，我是英语专门学校生。我住西区北堀江，于纪伊国屋书店当第二班兼职店员。下午五时至九时半。

"由纪子，"我同事透子道，"今日盘点未交接，改在六时上班，空出一个小时，我们去吃东西。"

我、透子，还有惠美，到三番街地下街游逛。时间亦早，不饿。走过衣物、化妆品街道，至轻食区、果子店、咖啡室、巧克力店……

来到"明石亭"。

我常到此吃明石烧。此间的八爪鱼烧丸子是整个大阪最美味的，才四百三十圆。有八个，以红漆木板上，还附一小碗葱花汤。

自玻璃窗透视厨房，可见店员操作过程。

原来来了新人。

他穿白汗衣，无袖，头发中长，单眼皮。

如同其他店员，戴纸帽，踏大双胶水靴。做轻重功夫。

只他一如舞蹈。身心不定，十分享乐。

他先扫上一层油，把面粉蛋浆倾于铁盘格子中，打转环绕，然后如散花般，每格放入生姜、葱花、一粒八爪鱼肉。他喝一口"宝矿力"，把垂额长发一拨，持铁笔，把一个一个八爪鱼丸子调圆，馅料裹好，烧至微焦黄。

我看了他一阵。

他隔窗向我一举手中饮料。不笑。

其他店员相熟，问：

"勇行像不像 dancer？"

我不答。

"来三客跳舞明石烧。"

厨房里传来嬉笑。

明石烧上桌。

大家挟一个，吃半口，然后浸泡在葱花汤中……

我发觉我的明石烧十分胀胖，内心热烈，有物进出——我的明石烧，每个，都有两粒八爪鱼肉。似烤焦眼珠子要突围。

我的脸胀红。忙不迭一口吃掉，烫得很。

走的时候，我偷偷看他一眼，他早已站定等我偷看。朝我眯眯眼睛。

我没正视他的眼睛。

只见他的围裙，有招财猫图案——围裙也很白，同汗衣一样白，也许是我有点目眩的关系。

我还听见阪急三番街播送的主题曲。

由岛田歌穗主唱：

《小河流过的街道》

Paradise in the river city

今日までの涙は　川に流して

Paradise in the river city

新しい翼を　さあ広げよう

思い出のシルエツト　かばんに詰め込んて

夢さえみれずに流れてきたけど

悲しみの途中で　聞こえる愛の歌

朝日が昇れば　涙乾くはず

今日は今日まで　明日からは

探し続ける　夢の世界を

Paradise in the river city

美しい時間を　過こせるはずさ

Paradise in the river city

新しい自分を　見つけるために

我心中有道小河流过。

我并不知道，一星期后，他来找我。

六号收银柜台，主理艺术书、洋书、洋杂志、部分辞书、乐谱、画册。

忽有客人递来一本《野球周刊》。

我没在意，道：

"先生，杂志请到一号收银柜台。"

他不走：

"不是都一样吗？"

我抬头。

见是今井勇行。另换一件簇新白汗衣，有小小懒惰猫图样，在左胸。小猫眯起一只眼。如同主人。

脱去围裙，又走出玻璃城似的厨房，勇行清秀漂亮，原来长得很高——原来眼睛的尾巴向上飞。

同事岩本正博代答：

"——趣味杂志类，在一号。"

书店很大，共分八个专区。我不知他如何"旅游"至此。

他急了：

"什么书才可在此付款？"

我淡然一指告示牌。

他把书放我柜台一旁：

"这书我暂不要。"

我收好，没关系。目送他离去——我恨自己不破格。但纪伊国屋有纪律。而我只好由他离去。我亦太冷淡。

一直忙至八时五十分。

柜台前仍有人龙。匆匆结算。最后一位，递上三本。

我欲照射价目条码，见这三本，分别是：

《艳色浮世绘幕末篇》

《浮世绘之魅惑》

《春意图册》

他问：

"哪一本比较好看？请由纪子小姐指教。我不大晓得。"

又是这顽皮的今井勇行。

他大概徜徉良久，又窥看我名牌。我不答。脸发烧。

他手指打圈，随便挑了一本。皆是男女秘戏，且无遮掩涂黑。

我板着脸：

"谢谢，四千一百二十圆。"

他强调：

"为了在六号柜台付款，才买'艺术书'！"

岩本正博过来护我。问是何事？

他只好道：

"再见。"

"喂，"我喊住，"不要勉强自己买贵价的画册。"

"知道！"他道，"明白！"

及后三天，无影无踪。

太听话。不买书，人也不来。

正博关心我：

"由纪子，你功课忙吗？看来很累。"

又送我一个苹果。我没有吃，搁在背包。它上面有阳光照晒不到的"福"字影。

又过二天，又过五天……

某夜,书店九时闭店,我们收拾一切,九时半下班。在一出口,见今井勇行。

他忙问:

"星期三书店不营业吗?昨晚我来见关上门。"

"是。每月第三个星期三是定休日。"

"好,"他点头,"我可与同事对调,选星期三定休,跟你配合。"

"为什么?"

"请当我女友,同我交往,好吗?"他不容我考虑,"拜托你了由纪子小姐?"

这个出口,正在"地藏横丁"。供北向地藏尊。我们路过,有人拍手祷告。

高悬并列的纸灯笼,发出红光。

我们由尽处往前走。此是大阪最短的一条横丁。

回想起来,真是天意茫茫。

冥冥中皆有注定,不可逃避。

勇行领我到他同住室友屋良克也工作处,是元禄回寿司店。勇行喜不自胜,目的是把我介绍给他朋友知悉。很骄傲:

"这是跟你们提过的,在纪伊国屋的早川由纪子。她是我女友。"

屋良克也有羡慕神情。我亦很骄傲。

勇行无特殊口味,能吃,连尽十五皿。我要了心爱的云丹,

84

及贝割大根，即大根尚未成长，把苗摘下。微辛。

离开阪急东通商店街，到"大东洋"弹子房玩了一阵，又逛了一阵。最后在电车站依依分手。不用他送。我需要时间在回程中想一想。

在十二时半，回家以后，即接到他的问候电话。又谈了约一小时。幸好妈妈已酣睡。

我知我遭殃！

深秋一个星期四。我自课室外望，天上起了鳞云。又似鲭鱼背上斑点。我正做着翻译。

四时下课，没到上班时间。勇行来电，他生病看医生。

我想陪他看医生。他力拒无效。

坐电车去。他住十三——这不是他父母家，因父母各自有另一家庭。

十三似远，距我处隔了淀川，彼此在两岸。其实又近，坐电车去，过河便是。

在医务所，才知勇行不勇，极怕注射。老在哀求：

"医生，可否不注射？你可加重药，或给我苦药。"

"不，重感冒还是一针准见效。"

"真的不愿……"

不肯就范。

医生训斥：

"你做食店，卫生重要，必须痊愈才可上班。"

又望向我：

"在女朋友面前要坚强。"

"好！"今井勇行无奈点头。带恐惧："不要太用力！"

我紧握他的手。送上战场："不要临阵退缩呀！"他出来时揉着屁股。凄凉万状。

他说：

"我不怕苦，不怕痛，只怕注射。"

又说：

"很饿，吃饭送药。"

我们到了一家"卵料理"。餐厅门外是一个大大的蛋头人，店中食物全以鸡蛋为主角。装饰亦是黄跟白。各人开口闭口，均是"他妈"、"他妈"的。卖奄列饭、蛋炒饭、蛋焗饭、半生熟蛋、蛋面、蛋汤、蛋沙津、汉堡牛肉蛋……还有黄澄澄的蛋冰淇淋。

我不许他吃炒饭。他道：

"不要紧，蛋没有生命，蛋是素食。"

"但感冒是不能吃油的。"我为他点了汤面，"你回家好好睡一觉。今天和明天都不要找我。"

他连吃两碗，方满足一笑：

"由纪子，你知道吗？我大睡之后醒来，单眼皮会变双眼皮的。你来看我吗？"

"我不来，只有妖怪才这样。"

不知如何，我还是坐电车，过淀川，上班去。我的借口是不愿迟到。

——但有些事情，是避无可避的。

我实在没有这力气……

我和勇行共度第一个圣诞。在前一日，我们到难波、道顿堀、心斋桥游玩。

念高校时，我常与同学来法善寺横丁吃红豆汤。那是有名的"夫妇善哉"。他们的红豆汤，豆子颗粒大，不太甜，而且有块黏黏的糯米糕，每客才五百圆，还有一小碟盐昆布。即使在节日，亦无休。

电影还没开场，我们四处闲逛。

"快来看，这里有家侦探社——"

我们上前，只见招牌立在大楼门外：

"初恋情人侦探社"。

还有"802"号的门牌。

那是一家奇特的侦探社呀。

正研究着，一个女孩推门出来。

我几乎认不出她来。

她染了紫红色的头发，还穿了眉环。一身很灿烂。

打个照面，她本来没反应。还是我先把她唤住了：

"千裕？——田岛千裕？"

也许她早已认得我。比起来，我倒没什么变化。

"由纪子！"

——是我先把她唤住的。

千裕是我高校同学，当然也来过吃红豆汤。她还没有毕业便退学了。因为有一次警察上来学校，带她回去做证人。继父强奸了她。自此，她不肯再上课。

千裕是女生中相当妩媚的一位。她的妈妈租了五台自动贩卖机，每天来回把饮品、香烟等货物，送去补给。全靠继父有"背景"，没有人欺负——可是千裕却给欺负了。

后来，我知她自己过生活。

后来，我又知她接受一些年纪大的男人"援助交际"。大家没有通音讯。

她生怕同学误会，也很强调：

"我与他们没什么。他们寂寞，找个女孩陪着喝咖啡，聊聊天，还吃顿晚饭，唱卡拉 OK。他们只想人了解，谈谈话。"

当她出去同男人聊天时，我们忙着考试——也许，真有点看不起她。她也看不起自己，否则不会那么强调。

"千裕你来光顾他们吗？"

她爽直地笑一笑：

"真不便宜！着手便付料金四万五千圆，若成功了，又得付四万圆——"

"你一定要把初恋找回来吗？"

"当然，我把姓名，外貌特征和他从前住址都提供了，一星期后侦探社会给我初步报告——隐藏的初恋只有一个，能用钱给找回来，我情愿付钱。"

"但我们都没听你说过的。"

"如果当初我知道，还用找吗？"千裕耸耸肩，"失去了才不惜一切要得回。可惜我不清楚他搬到哪儿去——不过，是我先躲他的。"

她又道：

"如果跑到北海道，这交通费是我负责。唉呀。"

"祝你幸运，千裕。"

她给了我一张有玫瑰香味的卡片。只有名字和电话。她瞅着我和勇行：

"不必拜托侦探社才是最幸运！"

她又问：

"冈田老师好吗？"

我说：

"她还在教高班英语。"

她笑：

"什么变化都没有的人，也是最幸运。"

——冈田老师称赞过千裕说英语的能力好。所以后来她可流利地与外国男人"交朋友"。变化的，是说话的内容和对象。似乎有点歉歉了。

千裕道别后，勇行道：

"日后你不用聘侦探来找我，我也不用找你。我们不会失散。别浪费金钱。"

我说：

"哼，你才不是我的初恋！"

"不！"勇行忙装着生气，"这样不公平！你是说谎吗？"

我是说谎。但他亦说谎。

圣诞节人人都玩得疯狂。我们跳了一整个晚上的舞，还喝了三杯酒。

他教我把食盐撒在手背上，然后仰头一喝，那杯墨西哥龙舌酒还没到达我的胃之前，马上舔盐花，不怕烈。最好还吃一片青柠檬。我照喝了，怎么不烈？这种仙人掌做的酒，就如带刺。

轮到勇行，他解开我两个钮扣，把食盐撒在我锁骨上，正要抗议，他又取一撮揩抹在我耳根。他笑：

"不要动不要动，盐花全撒进衣服中了。"

他猛地喝酒，飞快地伏在我胸前，舔去锁骨上的盐花，实在很痒，他就势吻在我耳根上，然后趑趄不去……

我没有招架之力。

这个晚上，我混身发痒，发软，像有龙舌在舔我。龙的舌头？仙人掌？我分不清楚。因为连自己也忘掉。

我完全失去知觉，也不愿醒来——好像到了今天，还没醒过来。

但我到底比他早一点起来，大概我太紧张了，或者我真的想证实一下，究竟他的单眼皮，是否会变成双眼皮？

数天之后，是十二月三十一日。也就是"大晦日"。我给他做了年越荞麦面。大家守岁时，我问：

"你让我看看小时候的旧照片？"

"我不喜欢拍照的。"

"你上镜一定很好看。"

"不。"他说，"我不喜欢留影。"

后来我才知道，因父母各自另组家庭，他把小时候的照片，全部烧掉——他大概明白，即使留下一堆影子，从前的日子都不会回来。所以他索性不要了。

只是他忽然拥着我：

"妈妈弄的年越面，没你的好吃。"

我抚摸着他的长发。把遮住眼睛的拨开。顺着他一字的浓眉，和往上飞的眼角，来来回回：

"让我客串做你的妈妈。"

他把我扳直，皱着眉，忧伤地：

"怎么可以？你还比我小几个月！"

又道：

"你的手又冷。"

我斥责他：

"你不要小看女人。我刚做的一份功课，翻译美国一项研究报告，专家说，女人双手比男人冷，但她们的体温比男人高。"

……

本来我们打算到八坂神社初诣，抽签，和买破魔矢过年的。但我们把自己困在小房间中，什么地方也不去。

连一百零八下的除夕之钟，也听不见。因为他在我耳畔喘气。

我听得自己问他：

"勇行，去年圣诞你同谁过？"

"我刚才痛得流出泪水是不是很难看？"

"我对你好些，还是你对我好些？"

"如果我明天要死了，你会怎样？"

"老实说，你是不是情愿不用安全套？"

"……"

勇行不答我。

他说：

“我回答了你一次，以后你便永无休止，问得更多了。”

他说：

“既已如此亲密，你不需要了解我。你被我爱已够忙碌了。”

于是，我们有时夜里去吃韩国“烧肉”。

下面是洪洪的火，覆着一个龟背似的锅，肉都烤得焦香。

他大口大口地吃，还朝我顽皮地笑：

“我瘦了，得把荷尔蒙补回来。我吃烧肉是为了给你。”

——但在这儿，人们有一种说法，如果一男一女很亲密，

那是说，已有多次肉体关系，他们都不约而同去吃“烧肉”的。

太浓了，汁浓、肉浓，连酒，也浓烈呛人。似乎全是补品。

但过年以后不久，今井勇行没在“明石亭”上班了。

他是被辞退的。

“我偷偷溜到新阪急酒店大堂嘛，”他理直气壮，“我去等‘西武’lions。野球手下午入住。‘西武’胜‘近铁’,九比三,多棒！”

他掏出两个好手的签名。

“还没换衣服呢，蓝衣、白袜，裤子上还有泥泞。手上也有，连纸也弄脏了。”

“是为了签名吗？”

“什么？”

“只是为了难得一见的野球手的签名丢了工作？”

"——当然不是。是为了'任性'。"

"你干了才半年。"我很清楚，这正是我们认识的时日。

"不要紧，随时找到工作。"他不在乎，"阪急三番街店子那么多——"

又道：

"或者到对面的 Art Coffee——不要那样沮丧，半年已经很长了。"

"但你已经二十岁。你还刚过了一月十五日的'成人节'，难道永远在三番街转来转去吗？"

他用力捏着我的鼻子：

"都说不要你做我妈妈。"

他送我回梅田区上班。我们牵着手迎接早春。路过淀川，河边有几株垂柳。

枝细叶长如线。开了好一阵的花，落后结子，白茸茸的被春风一吹，缓缓飘落，非常慵懒。乱躺地上。

"看，"勇行指，"猫柳。"

"哪有猫？"

"柳絮蓬蓬松松，像小猫的尾巴。"

"我还以为，有头小猫在柳絮下睡觉了。"我笑，"袒露着肚皮，眯起一只眼，双手握了拳头，放在这儿——"

我扮小猫，双拳放在胸前腮边。

"睡得好香啊！无忧无虑。"

勇行故意定睛看着我：

"——当你在我身边，最舒服的时候，便是这样了！"

我在电车上很不好意思——我以为人家会听见。不看他。

良久，他定睛看我的姿态没变过。

我但愿他只看我一个。

为了准备三月份的考试，下课后温习和上班，我们已有一星期没见面了。

当我挂念他，又担心他是否找到新工作时，打过移动电话。

一次在阿倍野的漫画咖啡文库。

一次在难波。

有两次接驳不上。

这天妈妈着我下课后买些水果回去，最好是蜜柑和柿饼。自爸爸三年前辞世，姊姊主力负责家计，她在神户一家牛肉加工食品厂工作，一个月回家两次。她快要结婚。

这次回来，是跟妈妈商议吉日。

某回接到她电话：

"我要嫁人了。"

我不知说什么好。双目有点湿濡：

"哦，你要嫁人了。"

以后她要改换姓氏了。也有自己的家。不知怎的，我们有点生疏，却更舍不得……

她喜欢吃水果。我也是。

因住西区，在心斋桥买好，便回家。

——但我见到勇行。

他在一家水族店。

店中卖海星、魔鬼鱼、小金鱼、海马……和水母。

无骨的水母，无血无肉，无色无相。全身透明，一如"寒天"。它像一把小伞，在水中浮沉缓动。有些微白的斑点，迎着水族箱的暖灯，忽地一闪。

我见有一只手指，指向水母，这是女孩的手："要这个！"这个便给捞起来，盛在胶袋中，成为她的礼物。开心得嘻嘻笑，吻了他一下。

勇行付款。

他俩转过身出门。手挽手。

田岛千裕？

刹那间我手足无措，还闪身躲起来。我想过大概十个方式——

（一）装作看不见，掉头就走。

（二）与他四目交投，一言不发，掉头就走。

（三）上前，大吵一顿，不用客气。

（四）掌掴他一记。

（五）哭着哀求他。或请她退出。

（六）回去后才算账。

（七）若无其事，忍气吞声。

（八）从此了断，毋须解释。

（九）……

（十）……

但，他怎么找上她？

是记住那卡片上的电话吗？看一次就记得？才一次？

不不不。全是我的错——当日是我先唤住她的。

是我自己的错。

在还没有整理好混乱的思想，无可避免地，还是遇上了。

我很意外地指着那个胶袋子：

"呀，这是什么呀？好可爱呢。"

"这是水母，看得见吗？"千裕把它递到我眼前，"现在流行养水母。"

"我遇到她，帮她挑的。"

"真巧啊。"

勇行问：

"由纪子要不要也养一只？"

"水母寿命有多长？"

千裕抢着说：

"天气还没暖过来，怕它容易死。如果照顾得好，大概活一两年。"

"一两年已经很长寿了。"我笑，"有些金鱼不能过冬。"

"别看水母没有骨，它也很坚强的。"

"这个多少钱？"

"差不多二千圆。"勇行道。

"……"

我们谈笑甚欢。

末了分别回家。

我提着一袋水果。千裕提着一只水母。勇行双手插在裤袋中。

谁说这场戏难演？我那么轻快，世上再没有角色不能驾驭，也没有尴尬的事件难倒我了。

他是高手，我亦不自愧。

——只是翌日，我再没有力气。我再也爬不起床出门上课和上班了。我把所有力量迸发一刻去"谈谈笑笑"？原来那是沉重的。

我觉得冷。虽然女人的手冷，体温高，但专家的理论，并不适合尘世受伤者。我的体温更低，全身都冷。我的热情一下子没有了。

我变成一只透明的水母……

"由纪子吗？"

我拎起听筒，有点失望。但我用轻快的声音问："正博？"

岩本正博约我明天上班前喝咖啡。我间中同他约会。虽然在同一家书店，但工作时没机会"无聊"地聊天。他问：

"英国屋抑或蔷薇园？"

又道：

"英国屋的咖啡香些。但蔷薇园坐得很舒服。"

"正博你跟我做心理测验吗？"我笑，"是英国屋还是蔷薇园？蔷薇园是不是有紫色花装饰那家？"

"你喜欢蔷薇园。便选这个了。"

"你不要迁就我。老朋友了。英国屋的烘饼也好吃。我可以去英国屋。"

"蔷薇园有香蕉苹果批——"

我真有点混沌。今井勇行为何不自动找我？只有我找他？他不会找我？他没把这件事放在心上因为我一直在微笑？……

跟岩本正博约好了。

我坐在地下街扇町通泉之广场附近的蔷薇园，等了半个小时，不见他来。我呆坐，正好什么也不做、不想。只是等。

再等了十五分钟，我没时间了。他气急败坏地推门。连眼镜也在冒汗。

"由纪子，我在——英国屋——等了你老半天——"

他也没时间了。我站起来：

"不要喝了，边走边谈。"

他想问，我是不是与勇行出问题？他想约会我，星期三一块去有马温泉散散心？他希望我诉苦？他是我每晚见面的老朋友——但，我们竟然会走错了地方。只有两个选择，我们也见不上面，各自苦候，还误会对方不来。大家没缘分。他在最低落的一刻伸出手来，我没有心情。是不是因为走错了地方？

此刻才知道，他是英国屋，我是蔷薇园。他对我再好，我们是碰不上一块的。

在扇町通走着，人人熙来攘往，我俩被淹没了，像各自被折入隔了几层的扇页中。

我在熟人跟前哭了：

"正博，真不巧，定休日约了男朋友呢。对不起。"

勇行伤了我的心。我仍然按他移动电话的号码。我无法同另一个好人到有马温泉。

除了他，我无法同任何人到有马去。

——除了他。我儿，还有你。

你会记得这个地方的。

但你必更记得"人间优生社"。

这是一家私家诊所——说是"优生"，实乃"刑房"。

我在此处，把你谋杀。

妈妈是意外地，才知有你。那年，我二十。你是两个月。我不能让你出生！

医生先给我注射。我不怕苦，也不怕痛。像你爸爸。比他强的，是我不怕注射——我只怕这一针，效力不足。人工流产是普通手术，其实肉体不痛，心灵受伤。

我进房间时，来了两个女人，坐在沙发上掀杂志。在等。

看来是中国人。说中国话。

她们看着我进去。然后跑到护士的柜台前，同她打个招呼。

做手术前，医生给我看了一个录影带，他很平淡地解释过程，并要求签字作实。

我既已来了，一阵空白，我签了字。

耳畔他还絮絮叨叨：

"手术之后，或混在血水中。有时找得回，有时找不着……都不要……无权取回……不追究责任……同意……"

头两个月，孩子略成人形，如草上珠，柳上絮，一团血污。他在我肚子中，暖暖的。若我送走他，得用和暖的水冲到马桶去。我亲手做。

我分叉双腿，感觉有东西在把你吸出来。力度大，不很痛。真的。是真空吸盘，左右摆动一下，像手在试位置，好一下子给抽走。

——一——下——子。

猛地一下，你被吸掉。那感觉，似高潮。麻麻的。带来了一切。带走了一切。

一定是那一次。

在有马温泉。

"千裕和水母"事件之后，岩本正博填不上他的位置。我太窝囊了。

我想见勇行。

勇行把头发剪短，染茶色。

我抱怨：

"当我把头发剪得同你一样短时，你又把它剪得更短了——你叫我怎么办？"

我又道：

"今后，我决定长长了。并且，不管你染了红茶绿茶，我才不管呢。"

他笑：

"若我们一起泡到金泉中染金了，再也没有这个争拗。"

"才怪。我去泡银泉。"

在 JR 大阪站乘宝冢线列车，再转一程巴士，我们到了六甲山脚的有马，才一小时多些。这是最近的温泉区了，"金泉"含强铁是赤褐色，"银泉"白得半透。

——但我们进了房间，勇行把"请勿骚扰"牌子挂出来。

我们竟然没有泡过温泉。我们热爱彼此的身体。马上把一切都忘掉了——只有在斗室，他才真正属于我。不能放出去呀……

由星期三到星期四早上，我们做了四次。

我们有一些日子没有见面，我总不能让着千裕。以前，我不知有对手，现在，我觉得取舍应该自主。

我们做了四次。只第一和第二次来不及用安全套——我知道，应是第二次时，有了你。

因为第一次太饿、太快。

第三、四次有点累。

我儿，在最激烈，我会流泪的第二次，他的欲念最强，我感觉最混乱。想死。我心中想着，即使最后我们分手了，我还是爱这个男人。不能放他出去。

这是直觉。妈妈很清楚。我忽地张开了眼睛，费了很大的劲。我张开了眼睛，在极近的距离，在他的眼睛中，竟看到了自己。又看到你。

记得"大东洋"弹子房吗？就在阪急东通商店街。那长年"新台入替"招牌旁边，看手相女人对面，有一座"未来婴儿面貌"组合机，把我的样子，和他的样子，经电脑分析，现出"你"的可能面貌。

我的肚子暖。人又渴睡。以后也不想做——我意外地有了你，忽然间很疲倦，太疲倦了。

翌日，我几乎下午才有力气起来。昏昏沉沉，身心无着。空气中尽是精液的味道。

太阳亮丽。

今井勇行，你二十岁的爸爸，正抽着 Lark。侧脸向空中呼出一团烟雾。

他问：

"你有没有要问我的？"

我问：

"我要问你什么？"

"你为什么不问呢？"

"没有呀——"

勇行狠狠地抽一口烟。伤感地：

"你们都随我。你们根本不在乎我。你们只想同我造爱。"

他把枕头用力扔向远处：

"世上没有人要花工夫来管我呢！"

我不答。我为什么要管管不住的人？他走了。木格子门大开。

这是最后的温存了。

······

"医生医生，"我问这白袍刽子手，"孩子在哪儿？"

我用一根玻璃棒，拨动那小小的金属盆子。有些东西沉淀，有些东西浮升。上层的血水浅红色，下层有薄衣、血块……我拨到一小块物体，约两时高。两时！

我儿这便是你了。

原来有小小的拗折了的手脚雏形。也有头。嘴巴给压扁了，好像说"不依"。软软的一摊。我心痛："医生这突出的小点是什么？"

"是眼睛。"他正欲把那盆子拎走，"颜色略深一点。啊，很完整呢。"

我用力抓住盆子。

"不是黑色的吗？"

"还没有眼珠子。"

"我多看一阵。"

他拿出那份文件，给我在最后一项签字。并以现金付账。

"我想带走他。"

"不可以的。这儿，"他指，"写着：你无权取回婴胎。"

"为什么？"

"放弃了又何必可惜？拎出去不好。而且你要来无用。"

难道你们有用吗？

不不不。

我愤怒起来：

"难道你们有用吗？"

忽地想起外面那两个女人。

"你们把客人不要的婴胎，卖给中国人做补品！用药材炖了汤来喝！"

他面不改容地说：

"我们不会这样做。"

但又无奈地：

"你用个玻璃瓶子盛走吧——不过已搞烂了。没有生命的。你不要乱动，刚做完手术，动作太大会流血不止。你现在先休息一下。喝杯热鲜奶。"

"把瓶子给我！"我凄喊。

护士给我垫了特厚的卫生巾。

我的身体仍淌血。但我抓紧了你——生怕你落入人家肚腹之中。也怕你被冲到马桶去。更怕你被出卖。

你不能被杀一次又一次。

我听得医生在外头说：

"有些妈妈面对这种变化，不能平衡，产生很多'妄想'……"

把你扔掉？

放久了，你便变坏？发臭？滋生细菌？血的臭味好恶心？你化成脓？

制成标本？腌作干尸？

埋在土里？

我慌乱了。来的时候，我以为自己是主人。但现在我成了你的奴隶。妈妈不知如何处置你。有点失措。我拎起那杯鲜奶。

先呷一口，确定不太烫，没伤着你。再呷一口，让我咽喉畅顺。我把你拎近嘴边，忽地我咽了一下唾液，又放下了——我是没有经验，没吃过陌生的东西，不习惯而已。

我再呷一口鲜奶，白色的微甜的液体顺喉而下，但你在我嘴边，又停顿了。

我用力闭上眼睛——我看不见你，你看不见我。我猛地把你倒进口腔，再用鲜奶押送。歇斯底里。

你很软，很滑，一点腥味也没有。你很乖，乖乖地回到我肚子中。

妈妈不能把你生下来。但你回到我处，最——安——全——了。

但自此，我无一夜安眠。

每当肚子痛，便喝热鲜奶……

我辞去纪伊国屋书店的兼职，亦不再与同事们联系。

英语专门学校毕业后，考进新阪急百货公司营业部当职员。课长对我很满意。调派至生鲜水果之部门。

一年以后，我认识了仓田孝夫。

仓田孝夫是东北山形特产"佐藤锦"樱桃的批发代理人。来自仙台市。

每年五月第二个星期日，是"母之日"。公司一早提供高级品作母亲节日之礼盒。主销红脆香甜樱桃。合作已有多年。

我们首次约会，是代表公司营业部招待他。他却领我到三十二番街，为我介绍仙台牛柳。

三番街是我常去的平民化地下街，回忆太多。终而淡忘。三十二番街真天渊之别，它在 Hankyu Grand Building 三十二层，奢华的高楼。

"由纪子小姐，你们说神户及松坂牛是极上牛肉吗？"

"对呀，神户的牛吃五谷、玉米，喝啤酒，所以肉质鲜嫩。"

"但仙台的牛有饭后甜品，而且每日有专人擦背按摩一小时，令脂肪内渗，造成'雪花'，红白相混，吃时全无渣滓，入口即溶化——仙台的牛柳比神户和松坂还要名贵。"

"吃什么甜品？"

"米雪糕好不好？"

"哎——"我失笑，"我是问牛吃的甜品。"

他也笑起来。然后煞有介事道：

"佐藤锦。"

"把大阪的妈妈也当母牛？"

我觉得这位三十四岁，腰板挺直，走路很快的商人，好有趣。

我们开始交往。

我见过今井勇行。

两次。

一次，我们坐汽车，经过浪速区的惠美须东，通天阁附近。Festival Gate 在九七年夏天开幕的。很多人都涌到这个面积二十三万平方米的娱乐城玩过山车、旋转车和摩天塔……

人还没走近，已听到凄厉的惨叫声。十分刺激。

我在人群中，见他搂着一个女孩的肩，排队购票内进。

我认得今井勇行是因为他的无袖白汗衣，抑或他白衣上的懒惰猫呢？我不知道。

在日本，每天有一百万个男孩穿白汗衣。人海茫茫，为什么我可以一眼把他找出来呢？我不知道。

但他身边的女友，已经不是田岛千裕，当然，也不是早川由纪子了。

汽车驶过了娱乐城。

那些尖叫仍是一阵一阵地传过来——当中，一定有他的声音吧。和她的声音吧。他俩紧拥着吧。

仓田孝夫问：

"你想去坐过山车吗？我陪你去。"

"不，"我微笑，"那是小孩子的玩意。"

"哦由纪子是个二十三岁的老人家!"他揶揄,"我岂不应该当祖父?"

他公干后回仙台,每隔一两个星期,邮便局总会把一盒又一盒的山形"佐藤锦"送来我家——他忘了我本来就在生鲜水果部门工作,但也因为经验,我和你外婆尝得出他的礼物是极上品。经过严格挑选。颗粒和颜色完全一样。

后来,在红樱桃中间出现了一个指环……

另外一次见到勇行,是在阪急电车上。向十三方向走的。也许他回家去了。

车厢中人不多,没坐满,我离得远远的,一抬头,又碰上了。说是没缘分,又不尽然。但统共才只两次吧。

勇行的头发长长了,回复我初见他时的长度。他戴上了音乐耳筒,不知听什么歌。

他神色有点落寞,没有女友在身边的今井勇行,眼皮特别单,本来的单眼皮,特别憔悴。他望着地面,但没有焦点。电车晃动着,他不动。全无舞感,乐声空送。他似乎不快乐。还有小小的胡楂子,不太显眼,小黑点——他的胡楂子长得很快,早晨剃了,黄昏便可长出来了。

我没有叫他。

后来他无意地望向我这边。我别过脸去。他没有叫我。

——也许他是看不见我的。

他望向我这边，良久。仍是没有焦点。

今井勇行真是漂亮。可惜我们不属于彼此。我儿，这是心底话。我感觉到肚子痛，便知你不安。你饿。

盂兰施饿鬼会之后，八月二十四日，我参与了寺庙的地藏盆。晚上，大家在河上放流灯，小小的灯笼，称"精灵舟"。

堕胎的妈妈们为歉疚、追忆、怀念、赎罪、补偿……种种心事，后来化作一尊一尊"水子地藏"。长久供养。

一位法师走过来，说了几句话：

"纯真无垢，

支离灭绝，

释放天然，

如水似月。"

灯笼于秋夜波光中掩映。蝉声相送。我听到虫子叫，法师在我身边走过去。

彼岸有曼珠沙华。夜了，红花变成天地一色的黑。

在远行前，我做了一件事——

我到千日前的道具屋筋，订造一个模型。

这道具屋筋术道不太长，两旁店铺共百多间。它之所以闻名，因此处以蜡或塑胶制作各种食物之样本。吸引很多餐厅的老板、游客，和喜爱收集食物模型的人。

他们造三文鱼寿司、荞麦面、天妇罗、火锅、意大利粉和御好烧……

我向其中一家的老板提出订造条件：

"我想造一客明石烧，八个，以红漆木板上——每个丸子帮我放两粒八爪鱼肉。"

"不是一粒吗？"

"是——两——粒！"

"奇怪呀。没这样的造法。"

"有。"我坚持，"我吃过。"

老板搔搔他半秃的头：

"一颗眼睛是放不进两个瞳仁的。"

是的，这个我太明白了！

"请你帮我忙吧——"

"太挑剔了，丸子会裂的。"

Have a nice time have a good day

光り輝く　ひとときを

have a nice time have a good day

川の流れる街で

流れ行く水に　想いを馳せて

二人囁く　限りない未来

新しい恋が　水面に揺れる

波にきらめく　愛の街

Shining eyes 祈り込めて

新しいときを見る

我心中有道小河流过。

"不会不会。"我哀求他，"你照造好吗？感谢你了。记得放两粒八爪鱼肉呀。就像很努力地瞪大圆鼓鼓的眼睛——"

"每个加五十圆才造。"他不情不愿，"又费材料又花工夫。从没这样的要求的。"

花在凋谢之前最美丽，但人却在离别的一刻才多情。你不要取笑我们啊。

我知道，这或者会是整条道具屋筋的奇怪笑话。

两个人之间的纪念品，总令局外人发笑——即使它是悲凉的。

当我在难波走着，忽然，传来一阵怪响。

四下的男女连忙左顾右盼。

原来是电子"求偶机"呢。

一个女孩掏出那手掌大，椭圆型的小机器，在她身边四点五公尺范围内，也有一个男孩掏出他的"求偶机"。大家配合一下。

二月才推出的新玩意,内销连订单已近一百万了。男装蓝色,女装粉红色。每个人设定模式:"谈心?""一起唱卡拉OK?"或"追求?"只要在附近,有持同样机器设定同样模式的异性走过,便会同时感应,闪绿灯,发出讯号怪响,让他俩看看是否匹配,可以发展。

在人海中寻找另一半,又怎可依仗一个二千九百八十圆的电脑?

"缘分"若如此便宜,人们又怎会受尽折磨?

她和他的故事,是什么样的结局?

我不知道。我只知道——真正的"爱"是痛的。我忽然泪如泉涌,无力自控……

我竟然走到802号"初恋情人侦探社"的门外。我找不到那个人。我只找到一间公司。曾经一度,我最恨这间公司了。

我儿,妈妈虽舍不得你,但人生的路总是这样。

人随脚走。

路由心生。

我到任何地方,遇上任何人,我都记得你是我和他一块悬浮的血肉。

仙台有"天道白衣大观音",一到埗,我必去祈求他保护你。照顾你。

还有不动明王、四天王、地藏菩萨、佛祖……虽你列仙班,总是一位小地藏，多听经多蒙保佑。

有些妈妈立"水子地藏"，各改玄妙法号，像"早蕨童子"、"空禅童子"、"远离恶语"、"清雪随喜"、"无缘"、"长慕"、"无愁"、"听涛"、"坐忘"、"迟日未醒"、"听铃无忧"……

幸福婴儿在春日柳絮下酣眠如猫。我儿，你以花岗麻石为身首，五官朴拙，不笑不哭，不言不语，不吵不闹，不眠不休，不贪不恋……坚强地化作地藏。

我给你改作"猫柳春眠"，你一定明白我心意。

往后，我自关西至东北，走过每间寺庙，燃点香火，用力拍掌，摇动响铃的绳索，你若听见，遥遥示意，妈妈虽漂泊，心灵也会知道。

我会做四万六千日功德。

世无天长地久，终亦雨打风吹。惟有无情，方至多情。

夜夜风清月朗，辰光静好，心事清盈。我与你永恒相知，不会寂寞。

保重保重。

保重。

早川由纪子

饺子

吃婴胎的女人

1 神秘的饭壶

罗湖口岸联检大楼关卡，每天往返香港和深圳的人潮如过江之鲫。个个都面目模糊，身世各异。

卧虎藏龙，或不过升斗市民芸芸众生，走进一个千百岁的葫芦，两头宽中间窄，来自四方八面，汇集一个过关的通道，然后散溢凡尘，再无觅处。

一个打扮得平凡的中年女人，走在人潮中，一点也不起眼，如同寻常妇女，拎了一篮荔枝，还有一个很土气的饭壶，排在队伍中，一个挨一个地过关，由深圳返回香港。

她从容地、不动声色地顺利出闸。

看看手表，是下午三点钟光景。约了客人，一位五点半，还有一位未定。也不算太赶。

女人下了火车，再转短程计程车，回家了。

这是约有三四十年历史的公共屋邨。公式化的间格，每个单位住着一些人，大家略有所闻，但又不知底细。

女人换过衣裳，一边吹干已涂好红蔻丹的纤纤十指，钻戒迎光一闪。她再怎么装扮，脱不了来自内地女人的俗艳。但肤色红润，动作伶俐。

先把那个老土的饭壶打开，上层是已凉饭菜，火腿双蛋饭，一个幌子，倒掉。下层有个厚厚的隔热发泡胶盒，以冰块保持温度，中是一个胶纸层层保护的包裹。每回她到深圳提货，用这个方法悄悄运送过关，若无其事。

拆开胶纸的包裹，倒出一大堆鱼肠一样，瘫软的物体。大约三四十个，每个二三时大，粉红色，带着血渍和黏稠的薄膜。一汤匙可舀两三个吧。一舀，见其中两个小小的黑点，分得很开。

两个小黑点像眼睛。但奇怪，"有眼无珠"。

这一堆物体，先被浸泡在大碗盐水中。

旁边的小锅开水正沸，下了几片姜片，辟腥。

她一时馋了，挑了一个饱满的，在开水中涮一涮，一、二、三、四、五，好了，嫩嫩的，马上放进口中，骨碌一下，吞下去。

唔，她满足地微笑。

还唱起歌来：

"洪湖水，浪呀嘛浪打浪，

洪湖岸边是家乡。

清早船儿去撒网，

晚上回来鱼满舱。

……"

下午五点多，一辆计程车停在平凡的屋邨民居外。车上伸下一条穿着名牌黑缎高跟鞋的美腿。

优雅的艾菁菁身上是名师设计本季限量版的套装，戴着墨镜，走进这个龙蛇混杂迷宫一样的环境。那些街坊市民，都是主妇、打工女郎、放学追逐的学生、咬着线头线脸拔毛的阿婆、市井男人、赤膊露出软瘪肚皮的老人……

"阿叔，"艾菁菁出示纸条，"请问这个地址怎么去？"

"哦，那个媚姨呀？她好神秘，不同人打招呼的。"

艾菁菁循着他手指的方向，走向东面那一座。

走着，忽见路旁停了一辆豪华房车，一位有点年纪的富家太太，倚着墙，不停呕吐。司机侍候在侧，但又不知所措。

她们互望一眼。

菁菁继续往前走，上楼去。她心意一动——都是同路人，都找媚姨的。

这就是传说中，媚姨的私房菜馆子吗？一点也不像。

她迟疑一下，按铃。

"铃——"

2　剁肉的声音

门开了。

露出一张妩媚又带点诌媚的女人的脸。嗑着瓜子，在专诚等她。

"李太，请进请进。"笑容可掬，十分亲切地招待客人。

"来得正合时，水刚刚开，我等你来了才现做。"

艾菁菁初见传说中的女人，她脸盘饱满，皮肤红润幼滑，双目有神。菁菁进门道：

"有人介绍我来，说你的饺子全世界最贵。"

女人先不谈饺子，她一边延入一边笑道：

"李太，我认得了，我刚到香港的时候，常在电视上看到你的剧集，你好红呀！"

菁菁有点深沉：

"哦，我退出十多年了。"

女人知情识趣，忙岔开话题：

"李太你猜我几岁？"

很着意地望定菁菁。除了墨镜，看个真切：

"你？看上去顶多三十多，不到四十吧？"

女人语气带着强调：

"我老太婆了，都已经唤'媚姨'了。"

"什么？"菁菁诧异，果然是一个不老的传奇，"一点皱纹斑点也没有啊。"

"对呀，连黄气也不见。人家说，我媚姨就是'生招牌'。"

"皮肤真好。"菁菁艳羡地道，"你不说，我肯定猜不出来。"想到自己，年已四十了，青春早成逝水，她要努力抓住这尾巴。再怎么样，不忘自己的身份，保持上等人的含蓄大方。只听得媚姨道：

"所以人人吃过我'月媚阁'的饺子，都心里有数——贵，可物有所值！"

这个时候电话响了，媚姨接听，嗓门亦提高点，好叫这新客领悟她的江湖地位：

"喂，Paula——我知道，我准备好了。有货，正货。天后嘛——下个月 concert 留我两张票就成行了——今晚八点见——怎好意思？那 LV 袋出厂才几个月吧，香港也未有货，真是谢谢了，不好意思啦。"

挂了电话，媚姨向菁菁道：

"都是回头客，口碑好，一个介绍一个。"

表现相当得意，这些有名有利的都来求她秘方。

"李太你看看电视吧，好了就喊你，哦。"

媚姨久历江湖，不会不知道来客底细，早已有艾菁菁当年"青春玉女掌门人"的电视剧集 VCD 放在小几上。

菁菁一看，是《江南小师妹》的三十集连续剧。

这个剧集对她意义太重大了，影响了一生——因为，这天生命中出现了李世杰，带来今天的身份。

中学毕业投考艺员训练班的艾菁菁，凭年轻貌美，笑容灿烂，成为电视台新扎姐仔。

那天电视台录映厂搭好了古装武侠片的布景。拍板写上粉笔字：

《江南三女侠》

菁菁被吊在钢丝上，与其他二女侠联手对付奸人，飞身上屋檐的镜头。她在两层楼高的钢丝上晃来晃去。拍板一响，大家做出一副嫉恶如仇的表情演戏。菁菁打了几个回合，钢丝不稳，她又笑场，于是 NG。

如是者来回三次，都因她大笑失控，累对手重拍，各人面露不豫之色。只有天真无邪的女孩，才不懂人情世故。但菁菁灿烂可爱的笑容，却吸引了监制陪同来巡视拍摄情形的李世杰。

李家是地产业巨子。李世杰已年近不惑，阅人无数，皆有机心的佳丽。更漂亮，身材更妙曼，都有。

他见艾菁菁喘着气，被放下地补妆重拍。还没站稳，脚步虚浮的她跌跌撞撞便撞在李世杰怀中。监制介绍"菁菁，这位李世杰先生，是剧集的赞助商"时，她不知是听不清楚，抑或无心装载，只一个劲儿地傻笑：

"李生——我头昏昏的——糟了我晕了！"

少女气息令李世杰也忍俊不禁。他笑：

"有趣。"

"好看吗？"菁菁问。

"哦，你穿什么都好看。"

"哎呀，我问刚才打得好看吗？"

李世杰笑而不答。

他心想："水准好低！"

但自他与监制一番耳语后，监制后来与导演一番耳语：

"把刚才的 NG shot 保留。"

后来，这剧集已改成《江南小师妹》。

得到力捧，艾菁菁笑得合不拢嘴，她知道：一定红！

李世杰当初对她十分迷恋，见到纯真亮丽的她就开心，所有烦恼全抛到九霄云外。后来还娶了她，一部分原因，也是社交界的辉煌战利品。

作为"明星"，菁菁也明白了，最聪明的抉择，是急流勇退见好就收，嫁入豪门时才廿五。她更明白，为了把一个上流社会的"夫人"角色演好，大方得体，端庄高贵，她自那分钟开始，与前尘一刀两断，与娱乐圈姊妹不相往来。

倏忽已是十多年了。

那些冉去的黄金岁月，重温也无谓，徒添惆怅。

菁菁看不下去。

她环视一下这个所谓"私房菜饺子馆"的单位："月媚阁"的招牌，可见主人便唤"月媚"，有点老旧。四下杂乱，但堆满一些时尚杂志八卦周刊，全是最新期数，这儿追得上潮流，待客之道又下本钱。不过"满天神佛"，既拜关公观音，又奉吕祖佛陀，还有一休小和尚。怪怪的。

"督——督——督——督——"

厨房传出一阵剁菜剁肉声。

菁菁对这神秘莫测的厨房又好奇又不安。她深深吸一口气。勉定心神。

3　只求后果，不想前因

"李太，我给你多加点大白菜——你是不爱韭菜是吧？嫌味重。这白菜好，要剁得细，挤得干。肉得加点姜末，辟味，好吗？"

媚姨不让空气寂寞，怕菁菁闷，也知客人第一次吃饺子，怕腥。

剁成粉红色泥团的馅料，给加进早在冰箱中镇过的猪肉馅——六分瘦四分肥，外加大白菜和香油调料，全拌匀。

菁菁道：

"你拿主意吧。"

一头贵妇狗在屋子走来走去，是媚姨的宠物。她一边做饺子，一边低唤：

"BB，BB，不要顽皮，回房去！"

嘴里没闲着：

"北方人说：'好受莫如倒着，好吃莫如饺子。'饺子有一千四百年历史了。南方人老是怀疑，不过面皮裹着一团肉，有什么特别？"

她自夸：

"我这儿的面粉是高筋，软硬适度，带韧劲。这得揉得够，揉得仔细，直揉到面团表面像剥壳鸡蛋那样，又光滑，又透，又易黏口。下锅不易破，保持原汁原味，好吃……"

滔滔不绝，让高贵的客人宾至如归，放宽了心，勾引食欲。

包好的饺子下锅不易破有个秘诀，水烧开后撒点盐，溶后才下饺子。这个时候，现包的饺子一个一个地在锅中跃动，并不安分。最后又一个一个地浮上水面，那经过冰镇的肉馅汁液融化，鲜美密封，煮熟后囷囵在内。

饺子端出来了。

精美的白瓷汤碗，汤清还泛麻油香，撒了韭黄末。饺子包得大小均匀，严严密密，心事重重。一个一个，浮在水面，晶莹而粉嫩，像白里透红吹弹得破婴儿的皮肤。

"好香！"媚姨殷勤，"趁热吃。"

菁菁第一次吃，只舀了一勺清汤，轻轻皱眉。嘴唇刚沾着，烫，马上退缩。她嗅到麻油的芳香，但她不敢张嘴尝一口饺子——就是怕。

"吃呀。慢慢来。"

黄月媚哄着她。

"我自己是常吃的。好滋补。有时炖汤，有时剁肉饼加些陈皮来蒸——不过还是包饺子鲜美。要不，我这店号怎那么闻名？"

菁菁鼓起勇气，开始咬第一口，恶心，一不小心饺子的鲜汁急涌而出，烫嘴，一动，泼泻了在地。

那贵妇狗，BB，跑过来一嗅，竟像有灵性，夹着尾巴逃掉。

媚姨若无其事地捡收起来，把它埋在花槽的泥里。

"东西贵重，掉了可惜，洗洗埋在泥里——花长得特别红！"

为了让菁菁自在一点，媚姨一边嗑瓜子，一边与妹妹谈心般，找些话说：

"李太我告诉你，名贵化妆品美容品都说，有什么血燕、人参、灵芝、珍珠、当归、鱼子、花粉、王浆、骨胶原、温泉精华……一大堆名堂，骗人的！我们女人回春补身由内而外，白里透红，这得靠我的秘方！"

菁菁动容了。

好，继续尝试，咬一口，忍住不要吐，别吐，细嚼。一股奇特的芳香在口腔打转……

媚姨望着她，微笑：

"吃的时候，只求后果，不想前因——"

菁菁脸上似有若无的心事出卖了她。她怎能不想"前因"？一想，恨得牙痒痒，终于把饺子咀嚼且咽下了，完成任务般逼切。

媚姨又使出一招：

"李太，我送你一首歌，别奇怪，客人吃好了，我都会唱一首我年轻时爱唱的歌，也算余兴余兴。我唱给你听——"

不待客人点头，她已站起来，加上活泼的造工舞步，动情地表演：

"洪湖水，浪呀嘛浪打浪，

洪湖岸边是家乡……"

唱着唱着，黄月媚忘了自己身处何方，何年何月何人，她只记得，那些最青春亮丽的日子，又回来了。在她举手投足载歌载舞之间，幽灵一般，回来了……

4　有点脆——

菁菁对这些革命歌曲一点也不了解，也不关心。

歌声在耳畔无意识地回旋，那不是她的世界——她的世界只有一个人最重要。车子驶进海底隧道，一直往前驶，哪儿是最原始的子宫，可安歇的乐园？

　　她打通电话。手机那头，响了很久才听得她生命中最重要的男人的声音。有点喘：

　　"我现在很忙，在开会——记得，十五周年嘛，我一定安排一天来陪老婆的！"

　　菁菁静听着，脑中有无限联想。她表情清冷，不肯失仪。他在忙什么？开什么会？同谁"开会"？

　　不知不觉，身子一热，一行鲜血自鼻孔流出。她见司机在反光镜中的表情，用手一抹，愕然。不知如何，是过分滋补，一时适应不来吗？

　　菁菁掏出有薰衣草香味的纸巾，把鼻血印掉。使着暗力，带点恨意。

　　"李太，吃的时候，只求后果，不想前因——"媚姨这样说。

　　——想后果，对。

　　不过，捺不住也想起前因。

　　两个月前，为纪念艾菁菁与李世杰结婚十五周年——原来她已当了十五年的"少奶奶"了，那天下午，李先生陪李太太到中环置地广场的名店买鞋子作礼物。老夫老妻，预祝纪念日也得哄哄她。

菁菁试着一双法国新到的黑缎高跟鞋，李世杰坐在对面，手机响了，在接听，嘱咐一点公事：

"勾地的计划书如果十二号还没送过来，我们或者改变合作意向——九亿，最多九亿半——这样平均呎价也不过二千多，可以。你再同我秘书 Emily 约——"

五十多了，一头花发，但仍是翩翩俗世佳公子的李世杰，英挺而精明，菁菁依赖着这支柱，她崇拜而倾慕，到哪找到另一个？

穿制服裙子的年轻店员，半跪着，侍候她试鞋。

女孩黑发中长，因俯首，头发往两边分垂，露出一截白嫩的脖子。后颈有细细的毛。上半身软凸而轻荡。

她向李世杰轻盈浅笑，十分有礼。

"李先生，我们知道李太来试鞋，早已把左边的楦大一点点。电脑有纪录呢。虽然差别很少，但穿来舒服些。"

菁菁满意了。但也问他：

"这双如何？"

"你穿什么都好看。"

这话自他的"公子"时代，力追玉女明星开始，已说了十多廿年。他不是不爱她。

"哼，又是这句，没有新意！"

菁菁听了，顺溜入耳。也是美言。他"仍然"肯说。

女孩半跪姿态，隐约见她纤巧的足踝戴了条幼幼的白金脚链，因支撑了半个身子，有点用劲，像穿了双隐形的三吋半高跟鞋——她穿不起的、昂贵的黑缎鞋子。

那么玲珑的小腿和足踝，真可惜了。

女孩看来不过廿岁上下，皮肤细腻，摸上去一定很嫩滑。入世未深，干净。

试好了。李世杰签了信用卡。

女孩善解人意：

"李先生李太，我是Connie，有什么问题随时找我。鞋子明天一早会送到。有新货便即时致电通知的。欢迎下次再来。"

甜笑送二人出大门。李世杰给了她一张大钞打赏。女孩目瞪口呆。十分惊喜。

菁菁绕着丈夫的臂弯离去。

她当时想也没想过，就是这个小女孩！

……菁菁忽地负气大口咬下去。这回媚姨给她做煎饺。

咀嚼。满嘴甜汁和奇特肉香。大白菜又令齿颊清爽——果然不错，很好吃。很值得吃。来了几趟，吃上了瘾。

"咦，有点脆——"

"不要紧，两个月的婴胎已有小小的手脚。成形了嘛。"

媚姨又道：

"耳朵都长出来了。"

"不是骨头吗？"

"还没！没那么硬。下回给你剁细点。"

菁菁渐渐有经验了，有要求了：

"——放汤好吃点，没那么油腻。"

"对呀。"媚姨马上迎合客人——一位阔绰熟客的意向，"'原汤化原食'嘛，下回还是水饺清些。"

5　三分留白

李世杰送给菁菁的十五周年纪念大礼是：把豪宅全新装修。

他喜欢每隔一阵便装修，图新鲜。

这几个月，租住五星级酒店顶楼的 apartments，豪华套房。

晚上，菁菁的手机响了。原来是长途电话。

"喂，丰丰？London 还有下雨吗？……"

是她姊姊的儿子。

正为丈夫收拾行李小箱子的菁菁，有点不悦：

"你上两个星期才出 trip。"

李世杰道：

"公干嘛，才几天，不必太费心了。"

他的行李一向由菁菁亲自收拾，不假他人之手。

她稍微停了：

"我想去 London 探探小甥子。"

"去吧。"

"——但你又不去？"

李世杰信手签了一张支票给菁菁：

"喜欢买什么就去 shopping 吧。"

一瞧，道：

"咦，很多个'零'呢。"

李世杰冷淡地：

"以前什么都大笑一顿——现在见到这么多个'零'也不开心？"

菁菁近乎自语：

"一个人笑不等于开心呀。"

不知何时开始，她像欠缺笑的动力，也失去开心的本能。很久没开怀大笑过。想不到自己老了，也忧郁了。

李世杰没听到她的心事，随口道：

"我离港四五天。"

"迟过五天呢？"菁菁故作娇嗔。

"补多一张，当作罚款。"

菁菁笑：

"罚款？做错事吗？'罚'！"

丈夫已致电手下办事，忙别的去了，没心情同她说笑话——一点也不好笑。

菁菁有点落寞，把支票信手放进她最新订购的 LV 手袋中。Shopping？这是她的"生涯"。

最最最难忘那天 shopping 了——

到了鞋店：

"上回的 Connie？"

"李太，她辞职了。"经理说。

"哦，工作那么落力，又讨人喜欢。"她可惜地道。

逛了几家名店，都挑不中。她随便走进一家新开的。

"李太，"店员认得客人，一见她，脸色有异，"请过来这边看看，新货在这边呢。"

另一边，有人在试裙子。

更衣室的门关上，但木门下面，透露了客人小部分小腿和足踝。她赤足，原来身上的裙子一下子软垂堆叠，像一个瘫痪地上的女人。

男朋友已有年纪了，在门外，微笑地欣赏着女孩的雀跃和虚荣。

想象中，她脱了一层旧衣服，又换上了新衣服。门缝影影绰绰，有窸窸微响。穿好了，又赤足推门而出。脚形优美、秀气，是平背。戴了条幼幼的白金脚链。

她问：

"这件如何？"

"蓝色不好。紫的更好看。"他认真地提意见。眼神充满爱怜。

"不！"女孩任性地，"我爱粉色系列。夏天嘛。我要一件粉红，一件粉蓝。好不好？"

"好！"

"我也听你一次吧，多要一件粉紫的。"撒娇地，"最怕见你生气。真凶！像要吃人似的。"

"怎会？最疼你了，恨不得把你一口吞掉。你穿什么都好看。"

——菁菁一怔。

她太认得这句对白了。

Connie享受店员的侍候，她骄纵地、神采飞扬地装扮着自己——虽然，她的青春根本不必粉饰。但她以后不用穿制服半跪地，也用不着赔笑侍候客人了。

菁菁很有教养地，并没正视这双狗男女。她仍带着优雅的浅笑，略作停留，又因看不中合意的新货，离开了。

一路上她不动声色，不让盈眶的泪水逸出，不肯失态，人家认得她的。但五内一片空白。竟然像一双楦得过分，脚伸进去，空荡荡，不踏实，深渊一样的高跟鞋，黑缎子的。法国的——或者那搭上了她丈夫的年轻店员，平凡的女孩，也拥有一双。

她有什么好呢？不过是嫩豆腐似的皮肤，鲜活的身体。

沐浴之后，菁菁在全身镜前审视自己：身材仍不错，但肌肉有点松弛。眼睛仍明艳，但眼角有点下垂。最差是皮肤，尤其是脸。她已做过果酸换肤，花上五位数字，但不堪折腾，很快，斑点出来了，还泛黄，皱纹毫不留情地长驻。

手按下去，略久才弹上来。留下一个白印子。渐渐，所需时间又长了些。小腿还有青筋。

——这是不能隐瞒的变化。整整一星期，晚上心痛得失眠。

心痛的不止这个。

李世杰是位"老手"，深明最危险的地方最安全——他没有出trip，在楼下一层另订了套房，门把挂上"请勿骚扰"的牌子。

可靠而嘴严的佣人自家中捎来一个高贵的金属保温饭壶，给他送汤和小吃。他一边让小女孩给他做脚底按摩，一边喝汤。打发佣人：

"明天有人送厨具来，你执拾好厨房，叫装修工人小心些。后天才送汤过来吧。"

"李生，鸭仔蛋快吃光了。"

"那么叫阿张入货吧，不要太多，放不长。每次一打地入好了。"

Connie娇俏地问他：

"李生，你住在酒店舍不得走吗？"

"还没装修好。"他道，"等Paris那套餐台椅，早一阵下雨太潮湿，那些木材不够好，designer 不肯开工——我同他一样，要求高，又奄尖，如果摸上去感觉差些，不收货的！"

他的手便在 Connie 修长紧致的大腿上游走。拎起一件物体，在她身上试试敲两下，没有破。

李世杰把蛋在椅边敲破了，女孩住了手，看他把蛋壳剥掉，露出一个胚胎来！

她略退一步：

"呀！是什么东西？恶心！"

"什么东西？总之是好东西！"

——这种不见光的小肉肉，有个动听的名称："活珠子"。可用鸡蛋或鸭蛋做，不过鸭仔蛋受欢迎些。

鸭蛋用科学方法孵化，至胚胎发育成最佳营养状态了，放入冷水中开始煮沸，五至八分钟内马上吃，这时的胚胎未煮死，鲜活美味，体液充足，毛还未长出，发育中一层薄膜裹着的囊胎，在"透视"时，如活活晃动的一颗珍珠。

李世杰揭开蛋膜，先吮吸胚胎液体，再把那如同一只大眼睛的物体舀出来吃。蛋黄、蛋白、各种颜色的软组织……

"哎，吃了不知有什么好处？" Connie 斜睨着这兽性吃相。

李世杰作喂食状，她轻盈地逃躲，倒地，男人乘机倒在她充满弹性的身体上，他最爱这手感，这口感，这一切，得花很多钱才买到的青春。他也千方百计重拾青春……

菁菁不是不知道的。

她想：

"他不说，自己不问，就等于没发生了。对吗？即使发生了，他也给足我面子呀……"

夫妻感情淡了，有三分留白——但不管外头多少诱惑，不认不说不问，也是"尊重"，一旦捅破了，得面对抉择，下不了台。如天下间张一眼闭一眼的贵妇人，可以躲一躲，多好。

但心还是痛的。

——直至她听到一个有关"月媚阁"饺子的不老传说……

6 黄金岁月的回魂

每回"提货"，都找张姑娘。五十多岁的张姑娘，就是当年黄月媚当大夫时的护士。现在仍在深圳一家医院工作。

张姑娘把"东西"交给媚姨，放在饭壶中。货源本来充足，但耳语：

"打通关节才张罗到这么些个，最近风声紧。"

媚姨的资讯来自香港八卦周刊：

"周刊的狗仔队上来拍照——"

"就是。"张姑娘叮嘱，"这两个星期别来提货了。就是客人上来也许吃不上。"

媚姨听了没趣，沉吟："唉——那再说吧。"

走时不忘塞她一个红包酬谢。

二人正说话时，张姑娘忽瞥到一个男人的背影，有点佝偻，衣着寒伧，五六十岁了，秃顶的"地中海"。他走过，疑幻疑真。

张姑娘饶有深意地瞅瞅媚姨：

"嗳，你不认得他了？"

"谁？"

"王守艺呀。"

"真的？"

人已走远，再无觅处。

"月媚，你一点也不显老，可你要是看到你那对象——"

"什么对象？八辈子前的男朋友了。"

"你见了他一定吓一跳。"张姑娘轻叹，"王守艺不懂得珍惜你。"

"算了吧，我们缘分不够。"

"你俩那时干么分的？"

"他受不了。"媚姨苦笑，"'一孩政策'那时，我们忙得够呛的，成形的每天打掉十来个，一年三千多个，十年都三万。胚胎'人流'就无数了。他么——"

"怎么？"

媚姨像揶揄般，笑起来：

"他怕将来有报应，生孩子没屁眼。"

"国家政策嘛。"

"对呀，'为人民服务'。也顾不上自己的终身大事了。他不要我就不要呗。"

与张姑娘道别。黄月媚，从前那赢过单位勤工奖励：一朵朵"红花"的黄大夫，步出医院。经过花园的花槽时，咦？那儿有一丛特别鲜艳诡异的红花，仿如昨日，也许正是若干年前，她黄金岁月的回魂——看看，再看，呀，是真的。

而那个刚刚去排队领号码筹的男人，秃顶老男人，看完病了，正待离去。忽见花前有个女人的身影，他一眼就认出来了。

她不老。他一眼就认出她来：

"——媚！"

黄月媚端详一阵，他已变得衰颓，岁月的轮子辗过，烂泥一般。她装作恍然大悟，故意地：

"啊，你！"

又问：

"当上了导演了吗？"

王守艺讪讪一笑：

"早离休了。"

又鼓起勇气问候：

"你好吗？我那个时候——"

她有掩不住的兴奋：

"我打香港过来呢——我现在已经有香港身份证了。瞧，三粒星！"

把身份证掏出来，傲然展示。

她轻快而亲切地安慰他：

"得感谢你的抛弃哪。"

还不待他反应，她笑：

"见到你挺高兴的！"

不问近况，不管去向。黄月媚重逢当年那英俊颓废太有性格的艺术家，他竟如此憔悴，自己活得比他好，不知是幸运，抑或悲凉？

她目送自己一度深爱的人，走入人群和泥尘中。

她目送着，直至看不见。

仍以目送。

不知耽搁了多少时间。过关回港时，顺便又买了一些蔬菜作掩护。神情恍惚。

这回有点麻烦。

海关工作人员的声音在她身后响起：

"你过一过来。"

一个男人被招去检查行李。不是自己，方松一口气，以为没事。谁知关员亦一并把她招回来，盯着饭壶：

"打开瞧瞧。"

每日过关千千万万人，随机检查过 X 光机器的几率很低。媚姨定一定神，打开了那平凡不过的饭壶——白饭上，有一大片火腿，有两只煎好的太阳蛋，蛋黄仿佛还会动。人的心理，多数不会翻动这蛋黄的，免得弄破。

"火腿双蛋饭？"

"我赶着接儿子放学，还没吃饭呢。"

非常镇定、老练、若无其事。关员挥手让她过去。

又过关了。

"糟了，今天已约好李太。"她想，"迟到了。"

艾菁菁已等了她一阵。微愠。

7 五个月的极品

小甥子倒是跟菁菁亲的。

当她在等媚姨时，手机响了。又是丰丰。菁菁道：

"不是说飞就飞的呀——我不用工作，就没事做吗？别岔开话题了，你妈咪说你这个月几乎把附属卡给刷爆了——谁在你身边？——女孩的声音，女朋友？吓？你学人拍拖了？妈咪知道吗？——她说你的成绩表还未给她过目——你只懂向阿姨开刀，又赞助？什么新型号？那么贵？——"

收线后，菁菁静默了一阵。

像向媚姨诉说，又像自语：

"姊姊的儿子拍拖了，才十三岁！"

媚姨附和：

"哦，小孩子叫什么……puppy love 吧。"

菁菁苦笑：

"如果是我的儿子，好像马上老多了。"

"你打算生小孩吗？"

"不知是他有问题还是我有问题？"

"不怕，我保证你回春了——要抓回男人的心！"

"要快！"菁菁问，"有没有更快见效的'极品'？"

"这个嘛……"

"省点时间，我付得起！"

菁菁很清楚——她有的是钱，但没有时间。

形势一天一天地险峻。

媚姨亢奋地给她形容：

其实五六个月最漂亮了，外头有一层奶油似的胎脂包住，皮肤透明，血管粉红粉红的，头壳已经发育了，手还会动，会打呵欠呢。你知道吗？一百天以下才那么一点——"

她用手指来比一下，两三吋大小。

"到了七八个月，或者足月了，又长硬，不够嫩滑。五个月最好了，小猫一样，好靓！好补！"

菁菁听得十分向往。

她明白的。已吃过几回了。那些两三个月大的婴胎，鲜红透亮，精华不但滋补、养血、美白、却病、去斑，最见效的：艾菁菁四十岁的皮肤，一天比一天紧、亮、光滑。已逝的青春和媚态回来了。

她只嫌不够快。

如今得知世上有"极品"，她像"瘾君子"般，充满难喻的饥渴感，不能自拔地，一意追求更好的，更快充电的……

"媚姨，你经验丰富呀？"

"我以前是大夫啊！"媚姨一边在厨房剁肉做饺子，一边很骄傲地回首前尘，"国家尖子才能上大学，念医科，当大夫。我的手术顶好的，都不见血！一滴血也没有！"

"那你救活不少人了？"

"我负责的是'人流'，人工流产，经我手打的胎，都不能活下来了。"

菁菁看着她。

媚姨参透世情，微笑：

"要做人，还得看造化。"

又道：

"所以我们要珍惜，活得更好。"

她忽地动作慢下来，目光投放在花槽那长得妖艳的红花。不知何时？何故？何地？花长得好红！

8　红花

黄月媚年纪相当了。她一直没有结婚。不生小孩。

长得好，人又聪明世故，是国家尖子，医科毕业后为人民服务。工作勤奋，屡获奖状。

说来已是很多很多年前的事了。

某一天，她的对象，忽地不言不语，同她分手。

对象是个俊朗但有点颓废的艺术家。为了买一具单镜反光照相机，卖过血。是因为看病，撞倒了正赶赴手术室的黄大夫，大家喜欢上了，就谈对象。

某天发生什么事呢？

就是园中那一丛红花。

花开得娇媚、妖艳、欣欣向荣，在风中招展，特别红。

很多年过去了。黄月媚孑然一身。回来也为了"提货"。故园那花仍诡异地红，是黄金岁月的回魂吗？那一年……

黄大夫身上的白袍已经皱了，又有污渍，分不清是血是汗是泪还是体液。工作了一整天，连制服也"累"了。

面前有了三个月身孕的女人张开大腿，怀孕的阴部是紫色的。她熟练地用一个金属的鸭嘴钳插入，先是合嘴直插入阴道，然后扭转。再打开，就像一头张大了嘴待填喂的鸭子。阴道被扩张，找到子宫口了。女人忍不住：

"好疼。"

黄大夫心想，疼的还没来呢。

"放松。我帮你磨擦一下，可你自己也得配合，肌肉太硬了，手术才会疼。"

用探针伸入，测量一下子宫多深，是前位还是后位。先到外口，进到内口，通到胚胎着床位置，知悉胎盘所在。黄大夫向当年的见习护士张姑娘道：

"从四号半开始，换五号半。"

探针先不拿出来，吩咐备吸管：

"五号吸管，五号半，六号——不成，进不去，还是五号半。"

慢慢放松了，或是适应了，一切器具便待命。她皱眉：

"现在扩张到五号半，吸管不能小过它，小了，子宫就有空气。一定要达成六号。你别绷。"

终于可以了。

黄大夫燃烧一根棉花棒，扔进玻璃瓶，火焰一烧，瓶子真空，盖上。随"噗"的一下，"飕"的一声，一大堆凄厉的红色组织，连同那两三吋大的胚胎，剥离、打碎——是吸尘机十倍的力量，被吸扯进玻璃瓶中。五官成形，已有简单容貌。小手小脚有部分已扯断，小小的头壳溢出一点白色浆状物……

她工多艺熟，又完成任务了。

"唔，这回烧得好，都马上下来了。不用动夹子夹碎。"

手术好，不见血。如果不够干净，还有残余组织，便得再刮宫。黄大夫最引以为傲的，是她往往做得很顺利，很干净。以此见著。

手术台上的女人并不乐意，一直呀呀地喊。也许不是疼，是舍不得。不过还是呻吟：

"好疼。"

"不疼的，疼是你收得紧。"黄大夫擦擦手，"已经好了，到那边休息一会。下个进来。"

张姑娘把女人扶下手术台。

黄大夫抽空喝口水。

一百天以内可人工"流产"，比较稀松平常。但再大的，比如四五个月、六七个月，甚至足月，必须"引产"。不能强硬施堕胎手术，若不小心可能使骨头刺穿子宫，造成大出血，或并发症，极度危险。

为什么孕育得那么大的婴胎，还得打下来？

"为什么？"是医院中没有人问的问题。

自一九七八年中国国务院计划生育领导小组办公室组织起草了"人口与计划生育法"草案起，持续至今，"一孩政策"在城乡严格执行。

法则规定：

符合生育政策的夫妇，应领取"一孩生育证"，凭夫妻双方身份证、户口簿、结婚证，向女方所在单位或户口地（或定居地）的居委会填写申请表。得到单位签署意见并加盖公章后，上报乡镇、街道计生办。几重手续办妥，小组审批，盖印，张榜公布，发证，可生一孩。

城乡居民若因某些原因，申请"二孩生育证"，获领导批准，方可再怀孕。但必须间隔四年。

全国禁止以超声波判别胎儿性别，遏阻堕胎及催生溺杀女婴事件。

此时医院来了一辆货车，几个挺着大肚子的孕妇，被单位及居委会主任这些"事妈"押送至手术室了。一群女人，拘人和被拘者，走过"响应祖国号召：计划生育""一孩政策""晚婚、少生、优生"的广告和标语。

里头传来听不分明的人声：

"那几个是'超生'的，这个是'逃生'的，三胎了，逃到农村去，幸好有人举报黑户，揪出来。"

"主任，罚我三万块我和爱人也甘愿认了，没钱就卖血呗——

求求你们，让我生个男孩吧！"

"前两胎都是女的，'二孩生育证'还没办呢，还生？这不行，我们也是听上级指示的。"

有悉悉挣扎欲下跪的声音：

"想生个儿子——求各位高抬贵手，呜呜……"

黄大夫不带任何感情，权威地：

"好了，大家别噜苏了。"

一根催生针照打下去，在肚脐下子宫部位，液体进去了，孕妇再也逃不掉。任人摆布。

"……"

子宫后来开始收缩。

羊水破了。

早已受针药，破坏神经中枢，胎死腹中。故手术只是催生引产死胎，不涉人命。八九个月了，出来时还似有少许气息，发出微弱像小猫"喵——喵——"的叫声。不知是谁，大夫抑或护士，信手拿一方湿毛巾覆盖在小小的脸蛋上，连最微弱的声音也沉寂了。

这就是政策。

手术室的垃圾桶，是一个个白色蓝边的铁桶，盛满了垃圾：棉花、呕吐物、血块、组织、染了污渍的布、二三个月到九个月大的死婴、婴胎碎块……中国人太多了，生命不但没有尊严，还没有落脚处。

铁桶满了，工人用小车推出去。

耳畔犹有余音：

"大夫真能干！顺便给她结扎了吧。你上环，她爱人会得用自行车铁线给勾出来的……"

"别乱动，国家是为你好。"

……

小车上那几个垃圾桶，给推出来了。

医院花园的花槽，有一个男人。

他的照相机正对准一丛鲜艳的红花。为等对象下班，满有兴致地东拍西拍。

小车推近花槽，一个工人翻土，挖个坑洞，一个驾轻就熟地，把血污和婴尸，就坑洞给埋了，泥土再盖上去。整个过程理所当然。

泥土营养丰富，难怪不管种什么花，都特别艳红、常青。

王守艺呆呆地瞅着红花，脸开始变色……

他有点恶心。

可还没吃饭，胃里头空，只一腔酸水。

这时手拎两个铝质饭盒和筷子的张姑娘自饭堂那边走过来：

"嗳，守艺，等你'对象'呀？刚才领导在夸她呢。"

"又加班？"

"唉，今天够呛的，大概二三十起，忙得要命。"

她举起饭盒：

"我帮黄大夫打饭，她让我告诉你，真饿了，吃碗面条去。她还有好几个呢——咦？你怎么啦？不舒服吗？"

"没。"王守艺道，"我不饿。"

他想了想：

"你先忙吧。"

张姑娘见习期间，碰上这一阵的流水作业，才觑个空儿吃饭。

黄大夫问：

"今天吃什么？"

洗了手，在白袍上擦了擦，饿得马上大口大口地吃。

张姑娘吃了满嘴：

"苦瓜排骨。"

"又是排骨？"黄大夫笑，"我们天天做的都叫'排骨'。"

"苦瓜不够苦，排骨只剩骨。"张姑娘还是吃得香。

有人走进来：

"黄大夫，你在吃饭哪。你'对象'等你老半天，他说别烦你，叫我把这个给你。"

黄月媚接过了：

"人呢？"

"走了。刚走——他脸色不对劲。"

她不以为然地打开纸包包。有个指环……

指环?

还给她?

退婚?

分手?

她还含着一嘴的排骨饭,连忙追出去。人呢?人呢?……

男人已远去无踪。他再爱她,可他还是跑了。怕自己、怕她、怕将来的孩子有报应?没有解释,言语无用。大气候如此。

黄月媚嘴里的饭和肉,从此不上不下。不能咽,苦水又吐不出。心中一个永远的痛,永不结痂的伤口。

只有红花,千秋万世,沉默地招摇……

9 倚仗的不过是自己

数年后,黄月媚千方百计透过某些途径,来到香港——说是"某些途径",无非是"男人"。把年龄报小了,把身心妆扮好。

这是一家前铺后居的街坊小菜食店。

溢着药材味道的汤在瓦煲中熬着。

穿着汗衫和短袜的市井胖子在招待两名舞小姐喝汤。旺角区好些小姐得悉有门路进补,都带同姊妹们来光顾一碗汤。她们身体耗损，易残易老。这汤收五十元一碗，比其他的略贵。

胖子是老板也是厨子，向厨房中煲汤的月媚大声吩咐：

"阿媚，给 Lulu 她们多添一碗。"

他又堆笑：

"紫河车，好补的，我们只是熟客才通知，货不常有，怕不够分。"

舞小姐道：

"你怎么分真假？如果紫河车不是人的，只是猪牛羊胎盘，差太远了！"

胖子洋洋自得：

"赫！我老婆在内地是大学生大国手，她瞄一眼就知道了。"

"你老婆那么有本事？"

"还用说？"他说，"差两年就正式的香港人，有身份证了。"

厨房中的黄月媚听了，一阵厌烦。但隐忍不发。

舞小姐放下一百元走了。华灯初上，补好身子上班去——"体力劳动"呀。

月媚把一百元钞票放进收银机中，自语：

"每人才几十块的打赏，看来一世也不会发达。"

正说着，胖子已自行舀了一碗加料的汤，"骨碌骨碌"地干掉。

月媚迳自洗碗。冷不提防一双油腻腥臭的手和肉腾腾的身体，自后环抱紧压，欲"就地正法"。

他没有文化，却充斥性欲。

对完全没有爱意的男人，他求欢，她应酬，只是例行公事。

月媚有点不悦：

"套用光了。"

胖子不放手：

"日补夜补，生个儿子一定好精灵——生一个吧？"

"谁要生孩子？"

她把他推开。不用安全套她不干。

胖子再度用强。

她坚决：

"没套不行！"

是下定决心不肯为男人生孩子。平白无故为什么要把新生命带来人间？

太扫兴了。胖子打了月媚一记耳光，大怒：

"我就知你跟我不过为了'三粒星'！哼！有你好受的！"

黄月媚抚摸着发红发疼的脸庞。她咬紧牙关，既来了，就没退路。她不要回头。

她忍。

在这个社会，一个女人要立足，要生活，先靠身体，再取身份，然后海阔天空。

她太明白了：女人到头来也不过是倚仗自己。

10　可遇不可求

"今天的饺子好像淡了点。"

菁菁来过好几回，她已习惯并且爱上了这味道，不觉得腥，只嫌味淡——她的寄望令它变得芳香可口。

她对"青春美丽"，如同世上所有女人一样，都贪，多一点，更多一点。即使发觉日渐进展，起了作用，当她吃好后，在洗手间用牙线清理牙缝，还是不满足：

"这样下去还是不行！"

媚姨在弄水果甜点，把西瓜红蜜瓜白蜜瓜，用圆形小壳舀出一个个小球，一边用牙签偷偷挑一两个，放进嘴里。她不会刻薄自己。边吃边问：

"什么？"

"你看，手指按在脸上那个白印，并没马上弹回来，你看，还是差一点点……"

"比你初来时，好多了，你没发觉——"

菁菁把媚姨的话止住了，有点不耐烦，有点心焦不安：

"你提过的'极品'呢？"

媚姨打响了饺子店的名堂，为名人阔太服务，她忘却前尘，改善生活，她发达了，也得到名牌衣物和限量手袋作礼物。客人都满意，笑眯眯地走。可眼前这位李艾菁菁女士，为势所逼，欲望无穷，愿付出高昂代价寻求灵药。"极品"？

"要等时机，天时地利人和呀。"她道，"不是有钱就能吃到，好货可遇不可求呐。"

不过她也笼络着：

"你放心吧，我再张罗一下。"

菁菁起来，扔下一句：

"钱不是问题。"

"李太，我还没给你唱歌呢——"

"下回吧。"她已无心听什么余兴歌曲了。

媚姨送客人出门。

这个时候，来了一双母女，与菁菁擦肩而过，都是陌路相逢，谁知有什么关系？

母亲约四十多，领着一个穿着校服的女孩匆匆赶至。在盛暑，女孩仍外穿一件羊毛背心，热得冒汗，可她的羊毛背心，像掩盖一个秘密。

"媚姨！"

母亲唤她："是金嫂介绍我来找你的。"

贵妇狗吠了两声——不知因是稀客，还是她俩的寒伧。狗眼看人低，贵妇狗更加势利。

"BB，不要吵，回房玩去。"

小琪与母亲坐定，与媚姨相对。此时才看清，她穿得密实、臃肿的端倪。

媚姨一瞅：

"见肚啦。"

目光往下一溜：

"脚也水肿了。"

再一摸：

"怕有五个月了吧？"

媚姨对心焦如焚的琪母说：

"我不敢做。一百天以内还可以人流、刮宫。五个月，都扎根落户了，不能硬来，有骨头，会刺穿子宫大量出血的。不做了，太危险了。"

"求求你媚姨，小琪才十五岁，怎办？"

"我都上岸了，不干这个了。香港不比内地，犯法的。"

"难道由他下地吗？自己还没成人，怎做妈妈？求求你——"

"我介绍你到深圳找黑市吧。"

"你不就是黑市——"

"我不是黑市！"媚姨没来由的，有点动气。

稚嫩的小琪，双手紧捏着校服裙，不发一言，任由两个大人处理她的胎儿。

"你问过她是谁经手吗？"

"我是她妈，生得她出来，怕什么告诉我——可我又骂又打，怀疑是十楼的金毛华，金城的外卖仔，还有她的同学，就是把老师门牙都打掉的那个'板仔强'，通通不对，有个已经入了感化院半年啦……"

情急一堆废话。媚姨向小琪道：

"出事了，总得让大人帮你。"

她温柔地：

"告诉你妈吧？"

琪母气在心头，恨她沉默。究竟谁是"元凶"？再盘诘下去，想了又想，想了又想……

"难道——是那个衰佬？"

母亲有点歇斯底里，在小琪耳边喊道：

"是不是？是不是？"

声音开始变调：

"过年那会儿我到将军澳替工倒垃圾，他搞你吗？那个衰人，又失业，又没钱叫鸡，是他搞你吗？你肚里头是他的孽种吗？小琪？"

三人脸色大变。小琪不答，低下头来。

"真是禽兽！他怎么做人爸爸的，女啊，这个肚不能留！"

因小琪坚决不作声，更可疑。小女孩在这样低下层的生活环境，这样禽兽无良的父亲剥削下，她能说什么？父亲压在她身上时，一边喘息一边威胁：

"不准告诉妈妈。很快完事的……如果妈妈知道我就斩死你！"

琪母失控地：

"我一定斩死那个衰佬！媚姨，你救救小琪，这个孽种，我不知将来叫他做儿子还是孙儿？求求你！小琪，你开口求媚姨吧！"

"……"

媚姨不知说什么好。

11　男人都爱二十岁

原来艾菁菁没有什么好朋友。

从前娱乐圈的艺人，早已少来往。之后的上流社会，尽是年纪比她大一点，出身好一点的阔太。丈夫的身份地位，也就是她们的声价。

各人都忙碌，一有名牌的时装预展，都飞到巴黎或米兰订下一季的新货，务求是第一个穿上身的女人——连这点也办不到，几乎公告有多落后于形势。

各人也许亦有心事，但向谁说呢？不消一刻，幸灾乐祸的社交界和传媒已把所有的不幸和不快，传扬得沸沸腾腾。没有一位丈夫包二三四奶的贵妇，不是打落门牙和血吞的。

多老套！

但这是现实。

媚姨悉心打扮，她的 LV 手袋可派用场了，第一次获邀来到艾菁菁山顶的豪宅作客，虽然还在装修中，很多地方仍杂乱，家具都铺上白布，但她如刘姥姥进入大观园一样，艳羡不已。

"哗！你家大得可以踢足球！"

请她上来或者无意炫耀，但这也是自己预期的恭维。菁菁近日的知交，便是这个阶级悬殊但洞悉她内心秘密的女人了。

菁菁道：

"大有什么用？空的，是'house'，不是'home'——我先生又同一个小妹妹打得火热了。"

"又"？

媚姨只一笑：

"他没发现你的变化吗？"

"我没时间慢慢等。我要好货，你有没有？"

媚姨拈起菁菁当年得到力捧，获"十大最受欢迎电视艺员"奖的照片，还有她的剧照、她与李世杰的结婚照、交际应酬与名人富豪的合照……有了"定格"，人脸上岁月的痕迹就有了铁证。

媗姨有点感慨：

"看，为了美丽，为了青春，我们女人长期与'岁月'这敌人作战！"

菁菁目光投向很遥远的无敌海景，透过座地玻璃看出去，一望无际的蓝天白云，永远不变。

"我年轻时好开心，好喜欢笑，什么都大笑一顿，没太多忧愁。我一念完中学就进电视台，一拍剧就红，一红就认识了李先生，那个时候他是剧集的赞助商，我吊钢丝，一着地就撞向他怀中了，头昏昏的。"

"那就以身相许了？"

"拍拖时廿岁出头，结婚不过廿五岁，女人谁不想嫁得好？他那时也近四十，很疼我，要什么有什么——我以为自己这一生都好命！"

"男人都爱二十岁。"

"三十岁的男人爱二十岁，四十岁五十岁，也爱二十岁。到了六七十岁了，还是爱二十岁。"

媗姨心意澄明地望着菁菁：

"男人就是这样。"

"当然，张一眼闭一眼也算了——他不说破，就是给我面子。"

菁菁好奇问：

"你呢？"

"别提了。"媚姨豁达地扬一扬手，"和我对象分了，过五关，斩六将，后来也嫁了个没文化的厨子——总之，我有办法拿到'三粒星'，就踏实了，这是最大的心愿。婚？离了！"

忽地岔开了：

"李太，你倒是不敢离婚的，对吧？"

她自个儿一笑：

"你靠的是男人，我嘛，靠自己！你幸福，我自由。"

"不过，"菁菁叹一口气，"我们都怕老。"

"有我就不用怕了！"

"那么，"菁菁展颜，"我就倚仗你了！"

"放心。"

菁菁打开手袋，拎出一张已填好的支票，递给媚姨。

媚姨一瞅价码，脸上没太大表情。心中却已"哗！"的一下。

别过菁菁，她乘搭缆车下山。

努力一点，多几位贵客，说不定有一天，她也可以住到更高贵的山上来。

她把手机拿出，按了几个号码。一想，马上止住了。

心理挣扎。

干不干？

干不干？

再按号码，接通之前，又迟疑了……

"好货真的可遇不可求呀！"她想，"这个'极品'，我敢要吗？"

直至缆车下山了，乘客陆续离去，她还为未来的一局赌，一顿盛宴，一碗珍贵的饺子，心念电转……

12　阴阳路生死门

媚姨很久没操故业了。

她一边把房中堆满杂物的手术床整理，然后用酒精把金属工具消毒。空气中是药水刺鼻的味道，盘中钳子探针管子……都是冰冷而惊心的，碰撞时发出铿锵的声响，不带任何感情，更加没有人气——这是生命的鬼门关。

小琪的母亲得蒙媚姨答允，帮她们这个忙，连番讨好，还强调：

"媚姨，你肯做，我跟你签'生死状'都可以！"

"我怎会签什么字？——一签不就成了'交代'材料吗？"

"一切后果我绝对不怪你，但求不要这孽种，唉！"

她跟这个男人廿年了，不敢想象一旦反目，自己与女儿何去何从，她不敢算账。

媚姨千叮万嘱：

"你们别连累我，一走出这个门口，我们永不相认，发生什么事别找我！"

话说在前面。

危急关头来求助的人，当然也千万个答应。

十五岁的孕妇小琪，仍不发一言紧捏着校服裙子，仿佛这是她惟一比较实在的依归，也是惟一可以自主的动作。她紧张得要命。但生她的妈妈，又怎会害她？

她躺下来。

脱了内裤，把大腿张开。

小琪根本不知道大人在她的下体干什么勾当。

过程很疼。肌肉很敏感，很紧。很恐惧……

躺着，已有好一段时间了。

母亲在旁照顾，只管紧握她的手：

"不要怕，不要怕。"

媚姨已处理好引产了。就等时间一到。

她嗑着瓜子，进进出出，没别的事，一会过来瞧瞧，小琪那被金属鸭嘴钳撑开的下体，一根导尿管已插入子宫，渐渐，羊水一滴一滴一滴地出来……

媚姨把吸管挪开。布好位置，坐在小凳子上，对准那阴阳路生死门——是时候动手了！

"唔，都一下午了，可以了，妹妹，放松，放松。"

一声高叫：

"破水了！"

子宫开始大幅度地收缩，欲把婴胎逼下来。

小琪不晓得如何使力，只见她一双稚嫩的脚，脚趾紧张内抓，浑身起了鸡皮疙瘩，不知所措。肌肉太硬，不行。

"妹妹，你别乱使力，会疼的，会伤的，想叫叫出来，不要紧。你放松，哎，又出不来，妹妹发育还没全呢——"

媚姨轻轻拍打双腿间的肌肉，拍松了些。

忽地如崩堤如水管爆裂如物体失重，一个小小的婴胎下来了：有液体，有红色组织，连着胎盘，裹了胎脂，像一头小猫似的。她使暗劲、阴力，马上扯出接住，从容不逼地，小心翼翼地，把它放在一个玻璃盘子上。很漂亮的粉红色，没气息了，所以是"它"。小手小脚微微悸动一下，哦，也许是错觉。

等一阵子，它就成为上菜。

媚姨温柔地，不忘教育她：

"妹妹，做女人要保护自己，别再让人欺负了。"

小琪默默忍受一切，流下泪来，她没有喊疼，心底也祈求快点把 BB 拿走。下个星期考试了。

媚姨又教育琪母：

"你也要好好照顾女儿才是。"

她把小琪抱起，挪到比较舒坦的床上：

"哎，这小孩那么沉——"

小琪经历人生一劫，软瘫着。

那个婴胎呢? 也软瘫着，被盖上盖子保鲜。放到厨房中。

收拾残局后，母亲搀着手术后休息了一阵的女儿离去。在门前，把一沓残旧的十元百元凑合着的钞票，塞给媚姨。

她推:

"不收不收。"

琪母硬塞进她手中，还是要了，理所当然的劳务费。互不拖欠。

母亲还无限感激:

"多谢多谢! 劳驾了。小琪，多谢媚姨啦!"

送了二人出门。

那边厢，艾菁菁已匆匆赶至。

这回三人又擦肩而过，但永远永远永远，不再碰头。

媚姨亢奋地延菁菁入:

"快! 新鲜热辣!"

13 享受得毛骨悚然

菁菁走近厨房。

媚姨正忙着。菁菁好奇又忐忑，鼓起勇气走进去。是的，就是这个——

那五个月大的婴胎，躺在玻璃盘子上。全身是粉红色的，体型像小猫一样，静静地，半蜷缩身子，侧睡。小手小脚近乎透明，十指和十趾都小巧玲珑清楚可见。

婴胎头大，双目紧闭，嘴角还似有一丝冷笑——是错觉吧？抑或它不甘心？

菁菁大吃一惊，这就是自己的盛宴？她尖叫：

"呀——"

一口气跑下楼去。

华灯初上，小食档、杂物档、算命摊子都在屋邨夜市中开始买卖了。菁菁不知跑了多远，在石级下陡地站定，她为什么要逃走？等了那么久，花了不少钱——最重要的，是"可遇不可求"。算命摊子有红布幅写着："万般都是命，半点不由人"，不，只要有能力，有机会，为什么她不好好把握，叫日渐黯淡的生命改写？她已开始了第一步，以后便是难以回头的不归路。

吃也吃过，见也见过，等到今天，怎能功亏一篑？过了这村没这店了。

她勉定心神，调匀呼吸，一切应该自主，这就是历练。深深吸一口气……

媚姨根本没有追出去。

她气定神闲走到客厅。镜子前，她见到永不显老的自己。媚姨自傲地，伸手抚摸那滑不溜手的颈脖、胸脯、小腹，她的身材健美，皮肤红润，岁月没有成为敌人，她欣赏得忘我神驰，不知人间何世。

菁菁终于回来了。

媚姨就知她一定回来。她怎舍得放弃？菁菁缓缓走近，临阵退缩终也义无反顾的人，最勇敢，因为她已战胜恐惧，目标鲜明。

她将拥有媚姨，甚至Connie，甚至一切女人向往的东西。心理阴影在刹那之间已再退无踪。

媚姨露出胜利的微笑。二人来至桌子旁。媚姨道：

"是男的！"

"男的？

"有一点点'那个'，唔，看到没？"

菁菁双目发亮，胆子也大了，还拨开婴胎两脚，检查一下性别。她忘记了自己是优雅的富家太太，变成一个贪婪的、有要求的——食家。

媚姨一边处理一边称颂：

"好漂亮，又难得。是男的！如果在内地上面只能拿到女的，都不要女的呀。这回我不打针催生，只是用导尿管引产，不能用药，用了药不能吃的，会破坏神经中枢的。这是头胎，营养最好，世上没有比这个更营养了。而且你也看到，妈妈年轻，不是路边鸡，是学生妹，健康，没病……"

喜形于色的菁菁催促：

"快点做啦，这回有什么花式？"

"保证好吃！"

媚姨先把婴胎在盐水中浸泡，已有几片姜片的一锅开水侍候着。婴胎开膛后，压去黄红色内脏和体液，扔掉尚未发育完熟的物体。整个"排骨"放沸水中涮一涮，去腥味。然后起肉，剁碎，加入馅料调料，包成一个个折痕细密，鸡冠状的饺子，以纪念它是"公鸡"。放蒸笼上蒸。

渐熟。炊烟上逸，氤氲空气中漾着奇异的鲜香。

鲜香传到客厅，等待美食的菁菁用力吸入香气，手中的时尚杂志已看不进了。

她仪态万千地微笑一下。

好了。

媚姨掀开蒸笼，饺子吹弹得破，白里透红，似有微丝血管隐现。太漂亮了！她忍不住，一念之间，偷吃了一个，闭目享受得毛骨悚然，既有极品，近厨得食，当然是自己先享……唔！

菁菁的表情不遑多让，一进嘴，马上充斥了此生也未经验过的鲜、香、嫩、醇、滑、甜……高度享受，一滴鲜汁也不浪费，慢慢咀嚼，半天也舍不得吞下。太可爱，太美味！像不愿醒的梦，不肯到尽头的高潮，稍纵即逝，只希望用全身力气去享用。

吃完了，还依依不舍。

媚姨得意道：

"你快脱胎换骨了。"

菁菁只觉体内有一股热流，随血液运行，全身都感受到那急不及待的蜕变，特别暖，特别舒服，有小手在按摩。肌肤滋润、绷紧，化妆品是多余的，恨不得马上抹掉，好让毛孔深呼吸，信心回来了，这感觉微妙，令人沉醉、快乐、骄傲、目中无人。

正晕眩间，手机突响。

菁菁受惊。一听：

"喂——吓？——"

她用唇语向媚姨道：

"我先生进了医院！"

14　收复失地

李世杰躺在医院头等病房，一条腿打了石膏，固定在床边的支架上，动也不能动。

门开了。

光影中，艾菁菁如妖艳的女鬼，几乎认不出的亮丽。她皮肤红里透红，双眸水汪汪灵巧而迷人，浑身有莫名的光彩。

结婚十五年了，李世杰此刻对他一直忽视的妻子有惊艳感。

菁菁倚在门边，故意道：

"打 golf 也会弄伤腿？什么九流技术？"

又道：

"出了事才晓得急 call 老婆？"

有点怨恨，有点挑逗。

李世杰自高尔夫球场扭伤了，折腾一下午，及至晚上，才联络到菁菁。男人出事了，再贴身贴心的，还是老妻吧。但她近日哪儿去？忙些什么？同谁一起？还有，有什么新鲜美食？……他一概不大清楚。只道她是他的人，放心而不关心。

"唉，我平日哪儿去，你都无心装载。"

菁菁走近病榻，判若两人的媚态，五内沸腾的推动力，她睨着那一条腿动弹不得的丈夫：

"很久没掂我了吧——"

李世杰面对诱惑，不知从何而来的冲激，她不是遗漏在身后十呎的旧爱，她是一个脱胎换骨的新欢，不等她说完，心痒心动不已，他急色地，在病房把她按倒。一条腿悬在支架，顾不得了，疯狂地，扯开菁菁那五万元一套的名牌华衣，此刻，一切衣饰都是兽性的障碍。

是的，一度濒临危机，叫她自恨又自卑，敌不过岁月？几乎败在一切比她青春美丽的女孩手上，成为一个徒具虚名的富豪夫人？社交场合惹人同情的角色？

艾菁菁没有拉下脸来吵闹，也不肯恶形恶状地去给不够资格的小妹妹教训，甚至拒绝在心猿意马的丈夫跟前仪态尽失地哀求。

她用了一个最积极的方法，攫住男人，便是"回春"。

一下子年轻了十年，不，十五年。肌肤细白，男人的手摸上去像牛奶，不，脱脂奶。身体的紧凑和弹力，在床上，他感觉到温暖和甜蜜——她仍然是美艳亲王可人儿。

小女孩只是一只漏馅的廉价饺子，经不起持久角力，也得不到身份认同——她不是第一个，也不是最后一个。艾菁菁，才是正印东宫，出得大场面的人物。

在男人的气喘咻咻中，她收复失地。

他的享受和满足下，菁菁暗地微笑。脸色愈来愈红。

她找对了人，买对了货，进对了补品。

这是她的"新生"，长长地，长长地叹一口气，痛快淋漓……

在此一刻，穿着校服的小琪，坐在小巴后座。陪伴身边的母亲，没看得清她脸色愈来愈苍白。

到站了，母女下车。

小巴驶去不远，上来两个男乘客，在聊赌波的输赢。

不知如何，车子颠簸一下时，其中一个一手按在椅垫上，湿濡微温，他就微弱的灯光一瞧，掌上都是血……

"哗！"

马上弹跳而起，他的袜子，染满了鲜血……

小琪坐过的垫子，早已"吸满"了血……

小巴上一阵骚乱，司机恐怖地回头。

前面下车的小琪，走不了几步，已不支倒地，流血不止。母亲疯了，抱着她大喊："救命！救命！小琪，你应应我！"一直一言不发满怀心事的小琪，赶不及下星期考试。她只说了一句话：

"妈，我不想死。"

听起来，多像婴儿的童音。稚嫩的，无助的，和不寒而栗的。

我不想死……

我不想死……

艾菁菁近日新陈代谢旺盛，脸色绯红，一觉醒来，是"自然醒"，看看床头的闹钟，早上七时，阳光灿烂，充满生机。

每晚只睡六个小时便够了。

她瞅瞅身畔的李世杰，睡得酣，梦得沉。

每晚都回家，似乎还悄悄地吞一两颗"伟哥"壮阳，讨好她，自己也欲仙欲死。

菁菁没有惊动。她春意盎然春风满面地，打开衣橱，试几件新衣。

她去弄头发。连首席发型师 KK 也惊诧她的头发又黑又亮又厚，不让她挽髻，建议吹得蓬蓬然，秀发如云状。

打扮得风情万种地回来，李世杰在通电话，只听得他冷淡地打发对方：

"我觉得这个数目好 reasonable，还有，最近我很忙，我秘书会 follow，你放心，一切安排妥当。几个月后，你收到支票，大家互不相干。"

说时，目光迷恋地在菁菁身上脸上和她走过的空间游走。

如同着魔。

15　寂寞

"这几天没客人来了。"

媚姨抱着她惟一的亲爱的伴侣，那头善解人意永不背叛的贵妇狗，它再顽皮，可主人一召唤，马上飞奔来投怀送抱。

家中花槽的那丛不知名红花，浓得像血，繁华得像很久前的"东方之珠"，散发迷人艳光。

媚姨见惯生死，参透世情。

客人有要求，什么条件也答应。一旦急需，更不吝代价。

客人目的已达，就不再需要她了。

往日急风急火，执手相求，千叮万嘱，纡尊降贵，把她视作妙手回春的救世主。

"现在，只有你陪着我了 BB。"媚姨望着那丛红花，深沉又豁达地微笑。

现在又只剩下她一个人，一头狗，在异乡寂寞的黄昏，残阳似血的星期六，人人一家团聚的寻常假日，等待下一个客人，来光顾她神秘的饺子。

她是香港人，她已有"三粒星"身份证。这个借来的地方，租来的房子，买来的自由，她融入几分？

不要紧，只要世上还有男人，有女人，有悲欢离合，有恐惧，有哀伤，有担忧，有豁出去的狠劲，就有食客。

就有人来按铃，叩门的，请进来，请坐请坐。

黄月媚自个儿一笑，带点揶揄……

"我天生就是为人民服务的！"

贵妇狗似乎很赞同，伸出舌头舔她一下，表示由衷的欣赏。

太阳下山了。

是日已过，命亦随减。

16　血腥的报应

华灯下，慈善餐舞会中，菁菁当然抢尽镜头。

这个星期六，她肯定是 ball 场的焦点人物。

宾客中有富豪、名人、明星……名媛阔太在菁菁身后私语：

"她愈来愈漂亮，丈夫的心也抓回来了！"

"吃了什么如此厉害？"

"羊胎素？赤灵芝？天山雪莲？"

"拉脸皮？入厂大修？"

"见白龙王？吸灵气？养鬼仔？"

"……"

"……"

大家碰面，仍是言笑晏晏的知己状。

"菁菁你过来，是不是 KK 帮你做头呀？好漂亮呀！"

"上次见你走过太古广场，我几乎认不出你来！"

"有什么秘方？快告诉我们。"

艾菁菁心想，既是"秘方"，我又怎会公告？"一枝独秀"的风光，先享用再说。

晚宴开始了。

菜一道道地上……

渐渐，大家嗅到腥味，都含蓄地皱皱眉。一个个耳语：

"今天的菜有问题吗？"

"那鱼我不吃了，好腥。"

——不关鱼的事。到了炭烧牛肉大盘，仍是腥。

侍应走过李太的座位，嗅到很重的腥味。

不可能。名媛、阔太、明星，怎可能不洗澡？是腥，不是狐臭的膻。最后连菁菁自己也嗅到了。不知从哪儿发出的，血的味道。

她离座，上洗手间。现场的腥味又跑了，原来是……

菁菁不敢回到自己座位。借词不舒服，比李世杰早一步回家。

一上车，司机也有作呕的表情。整个车程，一直扭曲着脸。

菁菁忙把晚礼服脱掉，全身浸泡在浴缸中，狂加大量香薰、浴油、花瓣……一切芬芳辟臭的东西。浑身上下加上头发，每个毛孔也不幸免。

即使不停喝水，喝到第七杯，已经反胃了——水仍没发挥冲淡腥味的作用。

只要一呼吸，一活动，甚至眨眨眼，那血腥味便渗出来，在她四下的空气中扩散。

萦绕不去。

她吃过的饺子，一批一批由大拇指指头到小老鼠甚至初生小猫大小的婴胎，在混浊的血浆中浮沉，颜色鲜艳，滑潺潺，亮汪汪，有小手小脚的红影，被一层层软软的"衣"裹着，透出微温。是它们！

血的腥味，全身运行。荷尔蒙，微丝血管、神经线、脂肪组织、黏膜组织、肉、皮肤……全身。

——她赢得青春，再漂亮，却输了给味道。

怎么办？

怎么办？

艾菁菁全身赤裸，浸泡得皮肤泛白，水暖，但她冷得发抖。无限凄惶。为了对自己不起的男人，她如此沦落？

她蜷曲身子，无助地痛哭——如被打掉的，还未足月的，堕落泥尘的婴胎。一团在子宫中蠕动过的模糊的血肉。

血的味道越发浓烈了。

忽地失控了，把头也浸泡下去，动作激烈，如拼个你死我活……

——纷乱静止了。

菁菁愤怒地抓起电话急按，对，要找到罪魁祸首，找她算账。

电话一接通，她劈头大骂：

"媚姨，你给我吃的是什么东西？什么'极品'？现在我浑身发痒，又有血腥味，那个BB有没有病？有没有毒？——你吃了几十年也没事——如果我出了什么事，我不会放过你，我一定告你——"

在菁菁怒斥媚姨的同时，客厅中电话分机被人悄悄拎起。

慢她一步回家，满腹疑团的李世杰，因菁菁的失常行为，大惑不解。此刻二人对话听得分明。一边听，一边怀疑，一边向往，究竟那一把慢条斯理好整以暇又充满磁性的女人的声音，是谁？

"你告我？李太，别傻了，你现在是'人吃人'，不怕狗仔队跟踪爆料吗？到时就做头条了。"

"那我怎么办？我怎么变成这样？……"

"这是药效，或者你过敏——你不是已经得到想要的东西吗？得感谢我呢。"

"那是个什么东西？"

"是父亲搞女儿才一定要打掉的，要不哪去找？"

"啊！是孽种？我吃了个孽种？——"

媚姨发出得意的笑声：

"哈哈！才有奇效呢！"

奇效？

李世杰若有所悟。

他瞧瞧显示的电话号码。

17 一口一口吃掉你

李世杰江湖打滚数十载，当然有他的方法查探。

当来到这个泛着紫蓝夜色的屋邨时，只觉有"卧虎藏龙"的诡异，他阅人无数——这位传说中的女人是个怎么样的人呢？

长长的走廊，深夜稀客并未引来目光，因为大家都回家了。

只有一个孤单的女孩。

她在走廊，向李世杰迎面缓缓走过来，穿着校服，外罩一件羊毛背心，背红书包，走过来——看不真切，足不点地，飘过来。就像个嗑药的迷幻女生，目光散涣，神情哀伤，不知在找什么。

那么晚了，犹"无家可归"？无主孤魂一样？

李世杰心想：

"生活环境确实改变一个人的命运，好好一个十四五岁中学生，鲜花一般，在臭罂中，也是一株污染的臭草吧。"

奇怪，女孩来来回回地，在走廊徘徊。与李世杰擦身而过，一点反应也没有，呆滞地，清冷地喃喃自语：

"我不想死。"

是婴儿的童音。

就在这附近，李世杰找到媚姨的门牌。他回头一望，女孩踪影已杳。再无觅处。

他怔了一下。

再看仔细，是这儿没错。

按铃——

媚姨自门缝一瞧，是个男人！

她马上认得他——他是艾菁菁的富豪丈夫，城中有名有利的地产巨子，李世杰。

一下子，心念电转，玲珑剔透的媚姨马上把一切相关可能性都想通了。他单人匹马，既不惊动警方，亦无手下随从，李太没有同来，夜阑人静不惹人注意……还有，他脸上并无不快迹象。

一头花发，年轻时玉树临风，今时今日，他渴求什么？一个人，再多的金钱，再大的权势，再响的名声，他的日子一天一天过去。

媚姨知是贵客，喜出望外，但不露半点端倪。

李世杰瞅着眼前这个风骚性感狼虎年华的女人，问：

"你就是媚姨？"

"李生，请进请进。"

一如既往，笑容可掬，十分亲切地招待客人——但今儿这位，令她双目发亮。

老奸巨猾的李世杰故意道：

"听说你这儿有不法勾当。"

"怎会？"媚姨一笑，"我只是卖饺子的私房菜。"

"你们吃人呀。"李世杰目光凌厉起来。不一刻，失笑，追问：

"有效么？"

媚姨胸有成竹，处变不惊。她看透世人的心。只泡了一壶上好的铁观音款客。

"李生，你请坐，我得好好招待你，证明一下！"

裹了珍贵馅料的饺子，在开水中浮沉升降，由生至死，由死而生。人吃人？李生，你没有心理准备？

给你一点思想教育吧：

——在中国，人吃人怎会是不法勾当？都有几千年的历史了。权威的医书《本草纲目》就说明了人的骨胆血肉都可以医病。

——连年饥荒挨饿，大家不忍心吃自己的儿子，都"易子而食"，渡过难关。

——古时有位名厨易牙，听得齐桓公吃腻了美食想尝试人肉，他为讨皇帝欢心，便把儿子烹调献上。《廿四孝》中，孝顺的子女还割肉煮给父母吃来疗伤呢。《水浒传》，哪个英雄好汉不是割肉挖心来送酒？孙二娘还开人肉包子店呢。

——日本鬼子吃了不少中国人，中国人内战、自然灾害、十年饥荒、十年"文革"，还少吃人肉吗？

——我们恨一个人，说恨不得食肉寝皮，岳飞的《满江红》道："壮志饥餐胡虏肉，笑谈渴饮匈奴血"……我们爱一个人，也会一口一口咬他，把对方吞进肚子中，你中有我，我中有你……

媚姨的语调，由理直气壮一本正经，渐渐妖媚起来，充满难以抗拒的诱惑。

身经百战的李世杰，什么没见过？就是没吃过人肉！婴胎饺子一口一口咬下去，血气亢奋，情欲高涨。

我们爱一个人，也会一口一口咬他，把对方吞进肚子中，你中有我，我中有你……

李世杰按捺不住挑逗，像野兽般扑上去，他需要。久旱逢甘的媚姨亦拼命啮咬，榨取。他们便是凡尘俗世，一双旗鼓相当的雌雄异兽。

就地激战，发出咆哮之声。这杂乱的屋子，厨房有保鲜的血肉，煮沸的饺子，窗外有丛热眼冷视世人的红花，满天神佛香火绕缭，鉴察男女的天性……墙上还挂满媚姨的旧照呢。

发黄的，经过岁月的洗礼。

她在影楼，一些画上去的布景，七分脸，双目炯炯有神，投向远方，那头有希望、幸福、革命神圣的光辉。

其中一帧，是《洪湖赤卫队》的剧照。

《洪湖赤卫队》是中国歌剧史上不朽经典，湖北省实验歌舞团一九五九年首演于武汉，比"文革"的样板戏还早。描写三十年代初湘鄂西工农红军与国民党反动派及地主进行斗争的故事。

剧中主要唱段，便是《洪湖水，浪打浪》。

照片中，青春少艾的大学生担演了这个戏。

旧照上有"校园文艺晚会演出：《洪湖赤卫队》1960 年"。在右下角，她签了自己的名字："月媚 摄于 20 岁"。

李世杰在耸动中，无意看到这帧照片，不以为然。还有一面红旗，表扬她当大夫的成就："为人民服务 1968 年"。

性爱中人在无意识状态下，特别愚蠢，特别软弱，特别心无旁骛。

除非受惊。

像电子计算机，哒哒哒，他灵光一闪，那翘起屁股压在他胯下呻吟吼叫的女人，是个六十多岁的妖妇！

他惊恐地停了动作，热情一下子降至冰点。

"你——一九六〇——廿岁，那，你岂非六十多岁了？"

媚姨媚眼如丝扭头相向，对他淫邪地一笑。语不成句：

"数字——不过是虚幻——"

"但你是一个阿婆——"

媚姨抓着他的手：

"我的身体才是真实的，你摸上去，摸真点？"

这个妖妇，李世杰又好奇又刺激，万万想不到，今天干他娘！

媚姨乜斜着眼，问：

"怎么样？我不老，你也可以跟我一样长春，享受人生，我们都是同一类人！"

李世杰的欲火又重新被挑引。

即使电话响了。

即使电话那头是媚姨的前度贵客艾菁菁。

菁菁是过去式了。

媚姨由得电话夺命地响起，正好作为二人销魂的伴奏。

她已另有贵客，又是你的男人，谁肯侍候你？

李世杰奋力长驱直插，如痴如醉，不肯放过一分一秒的欢娱……

18　眼前无路怎回头

"回春"的菁菁，当身上的奇痒和血腥味道消减时，她的"补药"效力亦渐过去。

她不但打回原形，而且开始枯黄残败，无精打采。当体内的组织微妙地接受了这种秘方，她就得不停地进补。

虚弱地坐在医生对面：

"医生，我这阵子总觉渴睡、昏眩、怕光、没有精神力气……"

她打个呵欠，如同毒瘾发作了，久未充电，苍白乏力。

不觉醒醒鼻子。

医生奇怪地望着她：

"李太，皮肤敏感擦点药膏就好了，检验过没有病——而且你还未到'更年期'的年纪，想是过虑……"

听得"更年期"，真是头可怕的怪兽！还未到，但这天肯定会来，她不想听下去。

走进电梯，门还没关上，另一座电梯门开了，走出来一个熟悉的青春身影，有点臃肿，扶着腰。

她走进这家高级的医务所——是李家的家庭医生，李氏集团属下高级员工的指定医疗福利，闲杂外人，不可能那么老马识途大摇大摆接受护士招呼：

"赵小姐，李生秘书刚才打电话来，问你为什么昨天没来照超声波？"

"我赖床嘛，起不来。"

"那现在——"

菁菁早已按定开门掣，竖起耳朵听得清楚。

Connie？超声波？

"我不照了。"Connie 慵懒而坚决地，却用撒娇的口吻，"我不想太早知道是仔是女呀，这样他就会对我好些。"

"仔女都一样的。"

"怎会？"Connie 嘻嘻一笑，她聪明伶俐，洞悉人心，有风，当然驶尽𬙋。孩子一下地，她也就无风了。就矜贵在这几个月。

"还有呕吐吗？"

护士安排她复诊。

菁菁明白了。

她自己没有孩子，李世杰的孩子，快要来到这世界上，予她隐隐威胁。正是一波未平一波又起。这些全是外人，是野种，为什么自己的喜怒哀乐，因他们跌宕？

一急之下，眼泪盈眶——我大势已去吗？

强忍着，走到太阳下。

前路茫茫。

最知心的，无非是重重地大骂一顿，已然反目的媚姨了吧。

一个"瘾君子"最后怎能不向"拆家"低头？在这关头，贫富贵贱的阶级已含糊不清了。

而媚姨，明显地又富贵了。

她春风满面地在发型屋，一边熨头发，一边把刚涂好的红色指甲油吹干，手上换了个新钻戒。环境更好了，嘴脸更得意了。

媚姨还在催：

"好了没？快，赶时间呢。"

大门推开时，镜子反映被华丽衣服包裹，围着丝巾，遮住半边脸，憔悴不堪的艾菁菁。

她舍下身段，沉住气：

"媚姨，我上回语气重了些，你见过世面，怎会不明白我的烦恼？我真的需要——"

"我收山了。"

"媚姨——"

媚姨好整以暇，爱理不理：

"什么'极品'，你也不要想了，就当春梦一场吧。"

春梦？

明明是实实在在的秘方呀。

菁菁又"惯性"地，拎出一张支票。

媚姨扬示指甲油似干未干的双手，根本不想接，这个数目不放在眼内了，因她已有更阔绰的豪客，李世杰。有了这个男人，还让他老妻回春？开玩笑！

"李太——"媚姨喊她收回。

菁菁坚持把支票塞进那"金钟罩"一样的熨发器内，坚持要她收下，语带哀求：

"媚姨，我倚仗你了，再帮帮我吧！"

菁菁走后，媚姨满不在乎，用潇洒的手势，把支票一撕为二。

手机响了。

媚姨一听，是他！她娇媚地腻着声音：

"李生，我在做头，等你电话呢，你说，什么时候来吃饺子，或者吃我，都行！……"

世事难料。

谁知以后发生什么变故？

推掉其他客人，只接待一位超级贵客的媚姨，她风光了，喜不自胜。

——但，冥冥中，

她以后都不用再等他，或菁菁，或任何人……

19　逃亡

凌晨三点四十七分，一个脏乱的屋邨单位，传来一声声凄厉惨叫：

"救命！救命！斩人呀！斩死人呀！"

屋邨居民被惊醒，灯一盏一盏地亮起来。只有一个重门深锁走投无路的单位，里头发生血案。

这原是一家三口。

父亲倒在血泊中，母亲持刀自刎。现场不算凌乱，看来是有人在睡梦中，毫无防备，被怀恨极深的人挥刀狂斩，置诸死地方能泄愤。及后万念俱灰，自杀身亡。

邻居接受警方查问，都说男死者失业多年，领综援过活，女死者为帮补生计，常偷偷兼些散工。父亲酗酒、好色，脾气暴躁，还常只穿内袄在家中走动，只关铁闸，大门打开，极为不雅。他与妻女关系欠佳。

近日夫妻经常为一事龃龉，互相扭打，日夜吵闹，邻居不胜其扰。

现场是典型低下层的家居。在神台旁，设置一新灵位。

"陈小琪"。

十五岁，被兽父强暴成孕，堕胎手术后流血不止，死于非命。

警方得不到活口证供，但他们追查之下，已有线索。

这天，媚姨早上出发去"提货"，好为李先生作准备。

黄昏时走近家门，赫见已来了大批警员。

她大吃一惊！

血案兜兜转转，追溯源头，她脱不了关系。

措手不及，什么准备也没有，怎么办？怎么办？饱受风浪，历尽沧桑，处变不惊的媚姨，深知这是一个关卡。人生就是这样，过了一关又一关。

但真的，什么准备也没有。

她孑然一身，在"家"的外围，无法前进，后退有路，只剩那个盛了好货的土气饭壶，是全部家当。

一切尚未揭发，披露，她只有片刻"自由"。

才一晃眼工夫，媚姨不见了。

这几天警员把媚姨的家封锁了，还在设法搜寻她"协助调查"。

这个人走得极匆忙，也极狠。她的屋契、银行存折、首饰、抽屉中的大钞，簇新只用过一次的LV袋……还没来得及带走。壮士断臂，全都不要。

厨房有做饺子的材料。睡房有张手术床，床底有一批金属器具，探针吸管钳子夹子玻璃瓶。地板有少许残留的红色遗渍，尚待化验，看是否曾经进行过黑市堕胎引致出了人命。

有人在现场拍照。

镜光一闪。

最耀目的一刻，便是媚姨传奇一个黯淡的句号。

忽地电话狂鸣。没人接听。警员相看一眼，小心地提起听筒。

对方是女声："喂——"

警员应：

"喂——你找谁？我们是警方——喂——喂——"

艾菁菁慌忙收线，只余回声。她心跳，慌乱，颓然失望。原来在媚姨家外徘徊，但看到和听到的，叫她心知：媚姨已人间蒸发，下落不明。

一切是怎样开始，怎样结束呢？

是因为她！

抑或是天意？

这个屋邨，老旧而迷信。菁菁落寂地走过小山坡，此刻才发现，是一个神位的集中营，堆满了风吹雨打的观音像、土地公、X门堂上历代祖先神位、十字架、耶稣像、圣母像、大肚笑佛、水子地藏、吕祖先师、天后娘娘……竟然还有 Hello Kitty，残留的香烟灰烬，层叠的烛泪如同小丘。

菁菁不期然，也合什拜了几下。

一度那么亲近，知己，感谢信任，又勾心斗角的媚姨，从此永不相逢。

20　传奇妖妇的子宫

丈夫如何躁动，有些什么新欢，哪个廿岁上下的模特儿小女星投怀送抱……这些皆非当务之急。

艾菁菁上了血腥而宝贵的一课，经过起跌，战胜心魔——她已成长，她就是自己的心魔。

再无人商议、筹谋、协助、鼓励、支持、爱护、疼惜，不要紧，她终于明白了，媚姨所坚信的："女人到头来也不过是倚仗自己。"

菁菁查出 Connie 已被李世杰以雅致的金屋藏娇——但非长期照顾，他"要仔不要嬷"。不碍女孩日后发展，自由恋爱婚嫁，她自己的命运。他只要 BB。

Connie 不用工作，生活优游自由，只安心养胎就可以了。

菁菁把她约到一家高贵而宁静的咖啡屋，喝个下午茶。

"李生始终是回到我处，我可以睁一眼闭一眼，就当无事发生。我一天不放手，你一天也没前景。"

"我知道。"Connie 一点也不在乎，一个现代玫瑰女郎，绮年玉貌又工于心计，"我根本没想那么长远。"

"可你有了 BB？"

"李生说：他要。他好渴望有个儿子。"

菁菁受一语刺激，她没有生育，已理亏。但她不以为然：

"若是女呢？"

"女便宜些。"对手道，"仔就当然贵了。"

"你真的打算生下来？"

"也四五个月了，还差几个月就可以收工。我年轻，这些时间付得起有余——收得李生的支票，足够我享用一段日子。"

原来是"交易"。

若可买卖，若可用钱解决的问题，基本上不成问题。

"我想要这个 BB。"

"你要来干嘛？不怕将来分你身家吗？"

"我想要现在这个！"

"现在？打下来？"

"对呀，就不用怀胎十月那么辛苦了。"菁菁又道，"一了百了，我又放心。"

菁菁拎出支票簿，打开，非常豪爽，为了"一石二鸟"，志在必得：

"我先生给你多少，我 double 他。你说吧。"

双倍？

横竖是"交易"，自己何不也"一石二鸟"？

李世杰的数目已不菲，双倍？

Connie 眼中闪过一丝贪婪，很难抗拒。她故意道：

"唔，我考虑一下？"

"明天下午三点前不答应，就拉倒。"菁菁微笑。

她在媚姨身上，也学懂了这种心理战术——我知你一定回来。你怎舍得？过了这村没这店。

媚姨过了哪村？

投了哪店？

这个隐没于人海的传奇妖妇，何处落脚？

是一个全然陌生，无人认得也无人理会的内地小镇。

戴罪之身落荒而逃，俗谓"着草"，在香港那么些年，三教九流过关斩将，想不到她终于也"着草"潜逃，蛰伏在红尘滚滚的路旁。

一个女人的背影，打开那随身携带相依为命的饭壶，里头盛的是最寻常而廉宜的火腿双蛋饭。用一个塑料汤匙一下子把蛋黄戳破，蛋黄马上逃逸到白饭中，溜走了。

饭一口一口往嘴里送。再没有珍贵的婴胎来滋补养生，也香。

媚姨明显地憔悴、佝偻、苍老，她眉目骨架仍在，可是逃难的岁月，艰苦的日子正在开始，六十多了，是否支撑得住？

人始终敌不过岁月的。一切繁华绮丽只属假象。

"秘方"只是她的回忆，在香港半生努力所得，全部烟消云散，什么都来不及带走。

如何维生？

媚姨当然有办法。

她是狂风暴雨，或凄风苦雨下，一个坚毅不肯倒下去的女人。

人，从哪儿孕育出来，又回到哪儿去！

沿街贩卖鸭仔蛋、鸡仔蛋，胚胎被油煎得香香的。东奔奔，西跑跑，总有一口干饭。

她挑着担子，穿越长长的行人隧道，往前走着。隧道如同阴道，尽处便是自己的子宫。旁观者清，她一点也没察觉，只哼着最青春亮丽的日子，一阕心爱的歌，她的主题曲。

这回，黄月媚有充裕而悠闲的时间，把整阕主题曲哼了又哼，直到地老天荒……

"洪湖水，浪打浪，

洪湖岸边是家乡。

清早船儿去撒网，

晚上回来鱼满舱。

四季野鸭和菱藕，

秋收满畈稻谷香。

人人都说天堂美，

怎比我洪湖鱼米乡！

洪湖水，长又长，

太阳一出闪金光，

共产党的恩情比那东海深，

渔民的光景，

一年更比一年强！"

媚姨的传奇，

结束了。

21　三个愿望

有钱使得鬼推磨。

没有媚姨，也有其他人。

菁菁安排Connie到一间私人诊所，那儿有高科技先进设备，一尘不染，安全卫生。一望而知是廿一世纪为（有条件的）人民服务的设施。

一份合同摊在Connie面前。

她已成年，可以签署。

这也不是"生死状"，但为了一切不可预知意外伤亡后果的法律责任，菁菁必须当事人承担自负盈亏的保证。有了白纸黑字的文件，这宗交易才可以进一步开展。

嘴巴上承诺？不，口讲无凭，立字为据。一手交钱，一手交货。薪优粮准，货银两讫。互不拖欠，各走各路。陌路相逢，毋须应酬。

对比黑市堕胎或内地医院人工流产的简陋设施而言，这里昂贵、清洁、冷酷，且守口如瓶，不言不语。一如眼前排列整齐的金属工具。

医生有种令人信服和倚靠的专业气度。在旁等候。

真真正正"脱胎换骨"的艾菁菁，她气定神闲地主持大局，指挥若定。

当媚姨已成为过去式，一个历史名词，艾菁菁便是后起之秀。她神情很冷，胸有成竹。

没有多余表情的医护人员，躺在手术床上的Connie，她肚中五个月大的胎儿，都接受菁菁妥善安排。

"林医生，她怀孕五个月，当然不可以流产，不过引产时，我不希望你注射药物令胎死腹中，因为药物会破坏神经中枢，BB出来也会变色。如果你用导尿管插入，打前列腺素刺激子宫，BB就不会有药，也就不怕有毒。"

医生道：

"这个方法可以，但催生过程长，怕妈妈辛苦。"

"不要紧。"菁菁答，"辛苦也只是一阵子。"

医生问：

"照这样说，你想keep这个BB？"

"对，完整的，无药的。"

躺在手术床上的Connie，当然痛苦了点，但她是大买卖的受益人，怎可同买家争拗？她只呻吟着：

"好疼呀！快点动手吧，快点啦——"

迷惑又迷惘地问：

"李太，你 keep 这个 BB 干么？"

菁菁深沉一笑，她可以不理会不回答，但她还是这样说：

"我要来做标本，留个纪念——是全世界最贵的纪念品。"

暗示你小女孩已收了巨额支票，何妨忍一阵？

医护人员待要拉上布帘，菁菁阻止：

"别。我要看着。"

在她监察下，冷冷的金属轻悄碰撞声中，五个月大，像小猫一样，粉红幼嫩的婴胎，被催生……

引产。

菁菁以轻淡若无的冷笑，迎接他。

好险！

果然是儿子！

菁菁非常佩服自己的决策。

她也非常宝贝，这份名贵的补品——

豪宅装修好了，厨房亦焕然一新，来自法国的厨具，正好迎接这个漂亮的婴胎。

菁菁不但完全掌握了做饺子的秘方，她还清楚在哪儿下刀最利落。

深深吸一口气，充满憧憬、向往、决绝，和痛快。

这将会是自己回春的盛宴吗？真是垂涎欲滴。如瘾君子见到吗啡针，僵尸见到鲜蹦活跳的大动脉，濒临渴死沙漠的旅人见到冒着气泡的冰镇矿泉水，政客见到选票。

一刀剁下去……

血溅出来了？

疑幻疑真。

她兴奋莫名。

嘴角似乎挂着一条诡异的血涎，事已至此——

双目发出狠冷的蓝光，"飕——"一下，伸出舌头，把血涎舔走，吸进嘴里。闭上眼睛，放纵地享受着。

她的报应？

橱柜的玻璃镜片，只反映了一头嗜血的兽，一个走火入魔的妖妇。

她是青出于蓝的"接班人"。

菁菁变得莫名地妖艳。

她甚至不明白，为什么？

每个人总有清纯快乐的日子吧。快乐？开心？欢欣？喜悦？得意？甜蜜？……笑？一些简单得不必加添任何修饰的词儿。

很久很久以前……

太久了，她忘了？

这一定是她一生中最美好的日子。

艾菁菁廿五岁。

伴娘和一群送嫁姊妹围绕着今天的女主角，镜中那爱笑爱玩的新娘子早已妆扮好了，大家为她整理雪白的婚纱。菁菁不放心，再补补口红，一不小心，口红过了唇线，就像嘴角一抹血痕。

菁菁心焦，大嚷：

"出界了出界了！"

姐妹们帮她小心印抹嘴角：

"不怕，印掉它。看，多漂亮！"

"你就好啦，嫁到李世杰，又有钱，又有型，羡慕死人了！"

"不准你说'死'字啊。"

"你不是也说了吗？"

几个少女闹作一团。菁菁一点也不介怀，中学同学艺人朋友女孩手帕交之中，她就是鹤立鸡群的小公主，嫁入豪门，骄傲得意。李世杰还很爱惜她——这才最重要。

送嫁的姐妹团送她一件神秘礼物，打开盒子，原来是三层音乐盒，堆满幸运星。还有三把小锁。

"可以许三个愿望。"

"三个？"菁菁笑，"太少了点？"

"哗！菁菁真贪心，快许愿！"

她合什闭目：

"我希望我的男人永远爱我！"

把一层关闭，锁上了愿望。

"第二个，我希望永远都开心！"又锁上了。

"好了，最后一个。"

菁菁想了想：

"我希望——永远都青春美丽！"

最后"咔嚓"一下，三个女人最简单、最基本，但又永难实现的愿望，给严严锁起来。门铃响了，菁菁自满足中醒过来，姊妹取笑：

"接新娘啦接新娘啦……"

菁菁笑着，把音乐盒捧在怀里，雀跃奔向大门，几乎绊倒。

"吓！你真是急不及待！"

"菁菁，一出这道门，就是'李太'了，没得回头呀！"

"李太！李师奶！哈哈！"

"啊不，等一等。"

菁菁回头，走到镜子前面，在笑声中，她眷恋地，向一生最青春美丽的自己，深深看一眼。

然后把幸福花球拎起。

开开心心出门了。

图书在版编目(CIP)数据

饺子/李碧华著.——北京：新星出版社，2013.11(2025.8重印)
ISBN 978-7-5133-1175-5

Ⅰ.①饺… Ⅱ.①李… Ⅲ.①中篇小说－小说集－中国－当代
②短篇小说－小说集－中国－当代 Ⅳ.①I247.7

中国版本图书馆CIP数据核字(2013)第077006号

著作版权合同登记号：01－2013－1834

饺子

李碧华 著

责任编辑 汪　欣
特约编辑 林妮娜
责任印制 李珊珊　付丽江
装帧设计 韩　笑
内文制作 王春雪

出　　版 新星出版社　www.newstarpress.com
出 版 人 马汝军
社　　址 北京市西城区车公庄大街丙3号楼　　邮编 100044
　　　　　电话 (010)88310888　传真 (010)65270449
发　　行 新经典发行有限公司
　　　　　电话 (010)68423599　邮箱 editor@readinglife.com

印　　刷 山东京沪印刷科技有限公司
开　　本 850mm×1168mm　1/32
印　　张 6.5
字　　数 80千字
版　　次 2013年11月第1版
印　　次 2025年8月第26次印刷
书　　号 ISBN 978-7-5133-1175-5
定　　价 49.00元